U0112751

马江半小时

南帆 著

海峡出版发行集团
海峡文艺出版社

图书在版编目(CIP)数据

马江半小时/南帆著. — 福州:海峡文艺出版社,
2024.6
ISBN 978-7-5550-3531-2

Ⅰ.①马… Ⅱ.①南… Ⅲ.①散文集－中国－当
代 Ⅳ.①I267

中国国家版本馆 CIP 数据核字(2023)第 216923 号

马江半小时

南　帆　著

出 版 人　林　滨
责任编辑　郑咏枫
出版发行　海峡文艺出版社
社　　址　福州市东水路 76 号 14 层
发 行 部　0591－87536797
印　　刷　福建东南彩色印刷有限公司
厂　　址　福州市金山浦上工业区冠浦路 144 号
开　　本　787 毫米×1092 毫米　1/32
字　　数　58 千字
印　　张　6.125
版　　次　2024 年 6 月第 1 版
印　　次　2024 年 6 月第 1 次印刷
书　　号　ISBN 978-7-5550-3531-2
定　　价　60.00 元

如发现印装质量问题,请寄承印厂调换

目　录

一、旧历七月初三　　　　　　003

二、顷刻归零　　　　　　　　025

三、罗星塔　　　　　　　　　045

四、战与不战　　　　　　　　063

五、法国人孤拔　　　　　　　093

六、尚干乡　　　　　　　　　111

七、这个张佩纶　　　　　　　131

八、昭忠祠　　　　　　　　　149

九、马尾的叹息　　　　　　　161

后记　古老帝国的负痛挣扎　　181

马 江 半 小 时

一、旧历七月初三

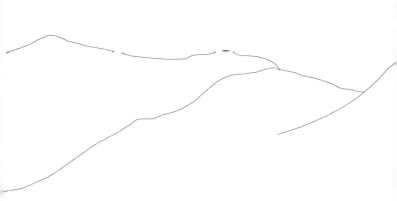

一、旧历七月初三

根据一个叫罗蚩的美国海军军官记载，马江之上第一声炮响的准确时间是旧历七月初三下午的一时五十六分。"嘭"的一声巨响，江面上潮湿的空气颤动了一下，一发出膛的炮弹在秋天的阳光里嘘嘘地尖啸着，欢快地扑向停泊在数百米之外福建水师的军舰，一根水柱旋即升起。这即是一八八四年马江之战的开始，史称甲申之役。片刻之后，轰隆隆的炮声彻底震碎了清廷的议和之梦。四十多天的悬念瞬间落地，局势终于明朗。

四十多天之前，也就是旧历闰五月的二十一日，第一艘悬挂三色旗的法国军舰缓缓驶入闽江口，深入三十余里，抵达马江。随后的日子里，八九艘法国军舰陆续而至，分别停泊在马江江面与罗星塔一带。马江是闽江下游进入东海的咽喉要道，左为马尾，右为长乐，两岸丛山环抱，古人有"两山如门"的形容，险要处均设有炮台。这一带江面宽阔，水深六至九米；江心的一座小山称罗星山，山上的罗星塔始建于南宋。当年的罗星塔是国际公认的航标，又名"中国塔"。几百年来，世界各地寄往马尾的信件只要在信封注明"中国塔"即可送达。马江至省城福州水路通达，小汽轮、驳船、舢板穿梭往返，载客运货。五月下旬一批法国军舰心怀叵测地挤进马江，如鲠在喉；强硬的挑衅默不作声地持续，气氛一天比一天紧张。福建水师军舰上的水兵与附近的居民纷纷焦灼地猜测，哪一天是开火的日子？

　　估计当初谁也没有料到，如此沉重的悬

念居然不阴不阳地搁在人们头顶，日复一日地拖了下来。无论是军人、商家还是分散在两岸的渔民，这种等待显然是一场漫长的煎熬。四十多天的时间里，法国军舰旁若无人地进进出出，有时剩下三五艘，最多时增添至十艘，添煤加水，仿佛等着什么。兵临城下，将至壕边，如此危急的形势，当然没有人还能坦然地安居乐业。退兵之策肯定是所有场合的主要话题，种种议论在马尾狭窄而潮湿的街道上来回滚动。许多人热衷于谋划的是填塞出海口：拖出几条满载石块的大船沉在闽江下游的主航道，堵住返回海上的退路；两岸炮台同时开火，片刻就可以将这些法国军舰轰成齑粉。

七嘴八舌的流言和种种主张流传在商

铺和茶肆的时候，马江上游的福建水师已经集结完毕，杏黄色的龙旗在江风之中频频闪动。旗舰"扬武号"率领炮艇"福星号""福胜号""建胜号""伏波号""艺新号"泊于罗星塔上游，严阵以待；"振威号""飞去号""济安号"泊于罗星塔下游海关附近，策应掩护；另外，两艘运输舰"永保号""琛航号"泊于造船厂水坪之前，若干旧式师船和武装舢板星星点点分散在四周。与此同时，马江两岸的水军营地紧急招募了一批陆军水勇，一时声威大振。群情汹涌之中，许多人一定深感奇怪：为什么迟迟还没有听到出征的号令？

为什么清廷迟迟还没有动静？这恐怕也是张佩纶心里一直嘀咕的一个疑问。一个月之前，法国军舰已经在闽江口之外的海域游弋，不轨之心昭然若揭。清廷派遣侍讲学士张佩纶从北京赴福建，受命三品卿衔会办海疆事宜，兼署船政大臣。此公是清廷的一个名人，"清流派"的骨干分子，闲常的日子慷慨好论天下事，弹劾同僚的时候文笔犀利，锋芒毕露。这种家伙肯定不怎么讨人喜欢，打发他到边疆走一走，朝廷上的衮衮诸公可以耳根清净一阵子。抵达福州之后，张佩纶与闽浙总督何璟、福建船政大臣何如璋、福建巡抚张兆栋以及福州将军穆图善这些地方官共商军机大事。尽管张佩纶一直反对向法方示弱，但是，清廷始终没有授权他决然宣战。很长的一段时间里，远在天津、上海的李鸿章、曾国荃等人反反复复地在谈判桌上与法国人讨价还价；清廷寄望于外交斡旋与议和，"不可衅自我开"，交代给张佩纶的分寸就是"彼若不动，我亦不发"。福建水师之中有一些将士愤愤不平地登堂请战，竟然被大声呵斥了出来。军人的天职是服从命令，冲锋陷阵，要不要出击以及何时出击超出了他们的过问范围。福建水师各条军舰收到的命令是，不准发给弹药，不准无命私自起锚，"无旨不得先行开炮，必待敌舰开火，始准还击，违者虽胜亦斩"。朝廷命官的态度如此从容，将士们心里的一根弦绷紧之后又慢慢地松了下来。

马江之战过后，福州地面流传了各种讥刺张佩纶、张兆栋、何璟和何如璋的歌谣，朗朗上口同时怨气十足，例如"两何没奈何，两张没主张"等等。张佩纶系北京来的钦差大臣，为人自负，大约不会把那几个没有多少见识的地方官放在眼里。每一回议事的时候，张佩纶大大咧咧地坐在首席，多数事务估计是由他定夺。从进士、举人、编修至侍讲，张佩纶的肚子里肯定有些墨水。遗憾的是，他没有在疆场上真刀真枪地历练过；更为遗憾的是，他似乎没有意识到这是一个重大缺陷。视察马江防线的时候，张佩纶要求兵营不时更换旗帜，或红或白，他认为变幻莫测的旗号可以吓住法国人；同时，张佩纶又调集了若干舢板、木排，上面堆放一些柴草和油桶、硝包，打算靠近法国军舰时纵火焚烧，或者点燃油桶、硝包投掷到法国军舰的甲板上。连他的下属都明白，这些儿戏一般的伎俩根本无法对付法国军舰的铁甲外壳。

当张佩纶洋洋自得地沉湎于自己的书生之见时，另一个主宰局面的大人物何璟正忙于竟日拜佛。闽浙总督何璟"绝不以兵事为意，署中供养一观音，日必顶礼满百，始出见客"。他已经年过花甲，没有多少心思过问军务，但求我佛保佑平安。那一天马江下游的数百名乡亲上书请战。乡亲们愿意自备粮草，诛杀法国人之后再行领赏。何璟得知勃然大怒，派遣官兵弹压。他警告这些满脸风沙的草民，如若擅自乱动，干扰了朝廷的议和大局，必当以军法从事。清廷代表的"国家"如同一片薄薄的影子存在于遥远北京，但是，马江上的所有动静都必须禀报、核准。对于镇守马江的这几个大员说来，静坐等待是为官之道的基本修行。可以猜测，四十多天的时间里，他们始终未曾清晰地意识到，巨大的危险如同巨兽一步步地逼近，一直到七月初三午后的第一发炮弹的爆炸声骤然响起。

然而，那个叫罗蚩的美国海军军官刚刚到达马江几天，立即察觉出形势不对。当时的美国海军判断，中法和谈即将破裂，美国的军舰火速从日本的横滨赶赴马江，护卫本国商船。《南京条约》签署之后，福州成为五口通商的口岸之一，英国、美国的众多兵商轮船时常停泊在罗星塔附近。罗蚩从登船卖货的当地商贩口中得知，两岸营地的援兵剧增，丘陵山野之中旌旗无数，似乎开火在即。另一方面，一些旅居于马尾的洋人又辗转告诉他，张佩纶等人认为和局已定，无心战事。即使福建水师之中一些血气方刚的将士跃跃欲试，清廷也决不会允许他们轻举妄动。分析矛盾重重的消息，罗蛊对于和局的来临相当怀疑。他不断地听到各种风传，总是说这一天或者那一天就会开战。

根据罗蛊的判断，旧历六月三十日似乎是一个危险的日子。然而，突如其来的台风打乱了一切。一个热带气旋在辽阔的太平洋急速转动了几天，收揽了重重叠叠的巨大云团，然后挟风带雨，径直扑向福建沿海。六月三十日这一天风狂雨骤，江涛翻滚，众多船只纷纷卸下风帆，小舢板躲入江湾避风。次日，风雨仍然不减，庞大的军舰颠簸不止，彼此之间只能在雨帘中影影绰绰地遥望对方剪影一般的轮廓。七月初二上午，风势稍缓而大雨如故，罗蚩与一些水兵从军舰上放下小艇，冒雨划船横渡雾气蒙蒙的马江，登岸保护租界。当地居民对于他们的到达深感诧异，一些商贩匆匆前来结清赊欠的账目。许多人神色慌乱地说要出门避难几天。他们不容置疑地断言，交火就是一两天的事情了。

台风天气通常延续二至三天。七月初三上午雨过天晴。不出所料，法国舰队司令孤拔悬挂出信号旗宣布中午开战，并且知会各国的兵商轮船回避。中午时分，法国军舰上"当当"地响起了钟声，周围所有的人都屏气敛息地紧张等待。罗蚩觉得，福建水师不像是听到了消息。远远望去，许多水兵还悠闲地在甲板上谈笑风生，脸上神情安然。又过了一个多小时，一艘法国军舰疾速从下游驶来，一个信号兵站在舷边挥舞手旗打旗语。片刻之后，法国旗舰"窝尔达"号射出了惊天动地的第一炮。

这一段时间内还发生了些什么，种种慌乱的细节如今已经言人人殊。据说何如璋上午八时已经接到法国人的战书，但是，他竟然向福建水师封锁消息，同时以不及准备为由向法国人申请，能否延迟至七月初四开战。法国舰队司令孤拔断然拒绝，命令所有的法国军舰升火待发。待到一团团浓烟从法国军舰的烟囱里冒出来的时候，何如璋方才匆匆通知张佩纶等人。张佩纶闻报大惊失色，急忙召见精通法语的造船工程师魏瀚，命他立即乘船到法国军舰斡旋，再度要求延期。据说法国旗舰"窝尔达"见到一船疾驰而来，以为福建水师开始突袭，立即开炮。此刻，一切已经无可挽回。

法国旗舰"窝尔达"号的第一发炮弹划出一道弧线落在了福建水师的军舰之间；随后，十艘法国军舰共同发射，无数的炮弹如同一群又一群乌鸦飞过天空，江面上迅即腾起了一排排水柱。一时之间，雷霆般的炮声震耳欲聋，硝烟迷漫，咫尺难辨。过了一会儿，如梦初醒的福建水师开始还击，炮声零零落落，杂乱无章，大多数睡眼惺忪的炮弹飞出炮筒之后不知窜到什么地方去了。

有消息称，几天以前，法国军舰开始在舱面铺上几寸厚的细沙并且浇水。沙层可以减轻炮弹对于舰身的破坏，同时，增加的重量又可以使舰艇稳定。为了避免炮弹爆炸时各种碎屑飞溅伤人，堆放在甲板上的各种杂物已经收拾起来。另外，法国军舰暗暗地将锚链的铁索换为棕索。孤拔一声令下，水兵挥斧斩断棕索，法国军舰立即可以启航。如此之多异常的迹象，福建水师漠然无知。当隆隆的炮声响起的时候，缓慢的起锚极大地牵制了福建水师的军舰行动。沉重的铁索"咯咯"地响，一时半刻拉不上来。由于福建水师"连舰"的停泊方式，众多军舰如同一排被拴在马槽上的骏马，徒然挣扎而无法脱身。等到仓促地砍断这些铁索，多艘军舰已经饮弹。所以，马江之战以后的很长日子里，"连舰"的停泊方式是一个反复争论的问题。这些军舰并列成一排，舰首系泊，船身跟随潮水的涨落改变方向。七月初三午后落潮，福建水师军舰的船头指向上游，船尾与法国军舰遥遥相对。尾部的火力设置远逊于舰首。第一波炮弹尖啸着飞临的时候，大部分军舰根本来不及起锚，转一个半圆把船头调过来。

　　首先遭受重创的是福建水师的旗舰"扬武"号。这是福建水师唯一的一艘巡洋舰。锚链锁死了船头，"扬武"号勉强启用尾炮还击，据说第一炮就命中"窝尔达"号的舰桥，炸翻了几名法国水兵。与此同时，一枚鱼雷破江而至击中"扬武"号右舷，舰身中炮起火，张佩纶的爱将张成管带乘小舢板逃离，继而负伤落水。军舰迅速地倾斜、下沉，疾速滑向幽暗的江底。一名水兵在最后一刻攀上主桅挂出龙旗，随后轰隆一声，江面只留下一个漏斗型的大漩涡。

许多记载马江之战的史料都提到了四个慨然捐躯的管带。

许寿山，"振威"号管带，刚刚上任一个月。七月初三下午，"振威"号遭到三艘法国军舰的围攻。双方开炮对射，"振威"号弹洞累累，状如蜂窝。众多水兵纷纷跳水逃生，仅有许寿山率领几个侍卫拼死一战。最后关头，"振威"号开足马力撞向一艘法国军舰，中途锅炉中弹爆炸，舰身歪斜地插入江水。就在沉没的那一刻，许寿山还在甲板上从容地拉开引绳，轰然射出了最后一炮。

陈英，"福星"号炮舰的管带。江面上流弹横飞，他塑像般地站在指挥台传令开炮。身边的一个仆人告知，其他军舰已经向上游撤退，是否与它们会合？陈英怒目圆睁，大声呵斥："欲我走耶？大丈夫食君之禄，宜以死报，今日之事，有进无退！"他喝令穿入敌阵，全船诺声雷动。"福星"号来回穿梭射击，无奈船轻炮小，势孤力单，转眼之间火药舱中弹爆炸沉没，全舰九十五名官兵仅存二十余人，陈英当即中弹殒命；另一种流传广泛的说法是，他的上半身在炮弹的爆炸之中飞到了另一艘船上，仍然屹立不倒。

两艘蚊子船"福胜"号与"建胜"号的管带分别是叶琛与林森林。蚊子船设计的初衷仅仅是充任活动的水上炮台，船身仅长三十多米，船头配备阿姆斯特朗炮。这种漂浮在水面的小玩意显然无法与三四千吨的巡洋舰抗衡。然而，叶琛与林森林执意跟随陈英的"福星"号挺进。两艘蚊子船很快被法国军舰轰沉，叶琛与林森林相继中弹，浮尸江面。

"是役也，各船管驾力战阵亡者四人，皆世家读书子弟。惟其读书明大义，故能见危授命如此。"四个管带都是马尾船政学堂培养出来的福建水师海军军官，临危不惧，英雄本色。另外，四个管带皆为福州人氏。风云突变，福州的子弟之中应声站出了几个响当当的英雄，所有的乡亲无不为之骄傲。

当然，骄傲之余是长长的扼腕之叹。无论如何，他们只能算败军之将。他们显示了刚毅的气节，但是谈不上战绩。四个管带的事迹不得不组织在一场惨烈的败战之中。这个级别军人的性格只负责塑造一己形象而无法高瞻远瞩地主宰战事。从第一发炮弹出膛开始，不到半个小时，福建水师的九艘军舰被击沉。"永保"、"琛航"两艘运输舰的战术是撞击法国军舰，同归于尽。然而，它们很快中弹、起火、沉没，全部官兵殉难。"伏波"号和"艺新"号两艘炮艇受伤之后撤向上游，摆脱了法国军舰的追击之后于林浦附近搁浅自沉。日暮时分，炮声稍歇，硝烟略散，漫江都是断樯折桅。几里长的江面上密密麻麻地漂浮着尸体和破碎的船板，浑浊的江流被血水染成赭红色。

不论过去多少年，历史学家拼凑马江之战的完整图景时，决不会忽略张佩纶这几个大员的行迹。何璟龟缩在福州，无法调兵驰援；何如璋逃之夭夭，一些人甚至疑心他乘乱暗中转移了一笔船厂的公款；张兆栋私自微服出走，途中遇到一个昔日不和的下属，两人竟然当街扭打，并且被巡视的兵丁双双送入当地衙门。当然，多数人痛恨的还是张佩纶。众人风传他上山观战，竟然吓得晕厥，然后头顶一个瓦盆，赤脚逃了三十余里，藏匿于彭田乡的一间破茅屋。据说马尾附近鼓山的某一处石壁上刻有"张学士避兵处"六个大字。当然，这些故事多半为无稽之谈，溢于言表的是福州居民对于这些大员的讥刺与怨恨。若干年之后，林则徐侄孙林扬光的《悲马江》一诗还在为这一帮昏聩无能的同僚而惭愧——"万骨可怜枯到此，尚无一将肯成功！"

马江之战大约半个小时，福建水师几乎全军覆没。根据战后的不完全统计，福建水师的阵亡将士达七百九十六人，江里打捞上四百多具遗体。他们分为九冢安葬于马尾的马限山；一九二〇年合为一座大坟。极其悬殊的是，死伤的法国水兵仅有六十二人。

二、顷刻归零

"同治四年，湘阴左公宗棠奉天子命，总督闽浙。……公于莅任之数月，统筹时局，远谋擘划，以为当今所急，无过海防，海防先务，莫如轮船。"一份史料引述了左宗棠的观点解释马尾船政的来龙去脉。当时，大清王朝一批位高权重的大臣开始把目光投向了海洋，这是一个意味深长的转折。十三世纪的时候，成吉思汗的骑兵曾经把欧洲笼罩在寒光闪闪的弯刀之下，然而，现在已经到了考虑如何在宽阔的海洋上部署铁甲军舰的时候了。

大清王朝的康乾盛世如日中天，到了晚清开始陷入乱局。乱世出英雄，这时的朝廷陆续汇聚了一些才具不凡的人物，诸如曾国藩、李鸿章、张之洞，当然还有左宗棠。这一批人终于大胆地跨出了圣贤的四书五经，开始正视那些相貌古怪的"夷人"干了些什么。由于他们的倡导，魏源的"师夷长技以制夷"成为著名的策略，矿产、工厂、机器、战舰、洋枪洋炮、军队操练、派遣海外留学生，这一切陆续组成了所谓的"洋务运动"。

左宗棠显然是当时的风云人物。此人少负大志，天资聪慧又刻苦用功，年轻的时候曾经撰写"身无半亩，心忧天下；读破万卷，神交古人"一联自勉。尽管屡试不第的重大挫折阻塞了正常的仕途，但是，他的出众见识还是换取了众多达官名流的激赏。"天下不可一日无湖南，湖南不可一日无左宗棠"，左宗棠的名头与日后出将入相的身份多半是靠雄才大略赢下来的。当然，左宗棠还是一个我行我素的角色，时常因为心高气傲而得罪同僚。一介书生，小题大做可以崭露头角；官及三品，就要收敛脾气沉稳持重。"穷困潦倒之时，不被人欺；飞黄腾达之日，不被人嫉"，如此为人的格言大约可以与他的励志对联媲美——可是他自己似乎也做不到。左宗棠贬斥过李鸿章，甚至对曾国藩也相当不恭敬。他不止一次公然地嫌弃曾国藩平庸，尽管曾国藩曾经把他纳入帐下充当幕僚，并且卖力地向朝廷举荐。一八六五年的左宗棠已经是朝廷的重量级人物，他风尘仆仆地赶赴福州上任。当然，左宗棠绝不是一个守在衙门里批阅文书的庸才。几天之后，他的目光穿过了总督府大门，望见了闽江口之外波涛万顷的大海。

不少历史学家认为，中国是大陆型国家，对于占地球面积百分之七十一的海洋没有多大的兴趣。明代的郑和曾经兴师动众地七下西洋，远涉万里，此后，海洋就被远远地抛开了。据说郑和的航行一度抵达非洲，并且登陆现今的澳大利亚。他的庞大舰队从江苏刘家港启航，继而泊在福州马尾对面的长乐等候。待到冬季的东北风呜呜地贴着海面刮来的时候，一艘艘船只鼓起风帆，鱼贯地绕过闽江口峥嵘的五虎礁逶迤南下。根据记载，郑和舰队之中最大的船只长一百五十余米，宽六十余米，船上建有四层楼房，可以容纳上千人。他们频繁地巡视海洋的目的是什么？替永乐皇帝寻找潜逃的建文帝？展示帝国的威仪？外交和海外贸易？传播天朝文化？每一种解释似乎都很难自圆其说。因此，郑和逝世之后，这种目的不明的大型航海壮举戛然而止。很长的时间里，宽阔的海面之上冷冷清清，中国仿佛把如此之大的水域遗忘了。

也许，"遗忘"是一个不确的形容——事实上是"禁海"。明清两代都明文颁布禁海令。倭寇频频骚扰，郑芝龙反清复明的武装力量雄踞海上，头痛不已的朝廷干脆禁止任何海上活动。由于禁海令对于郑芝龙的封锁并未完全奏效，十七世纪中叶，清廷强迫沿海六省居民内迁。十至十五日的时间内，沿海居民必须向内陆后退三十至五十里，寸板不许入海，村舍房屋一律拆毁焚烧，强行制造一个无人区隔离带。这显然是一个笨拙的退守策略。对于那些捕鱼为生的渔民说来，巨大的灾难从天而降。他们谋生无计，乞讨无门，流离失所，辗转待毙。这种状况一直到十七世纪末期才略为好转。

大约相近的时间，地球的另一端发生的事情恰恰相反。欧洲人成功的航海探险带来了地理大发现，他们的观念和生活方式彻底改变了。走在葡萄牙那些小石块铺就的狭窄街道上，很难想象这个弹丸小国如何称雄欧洲，进而主宰世界。葡萄牙王子恩里克、若昂二世国王，从罗卡角到好望角，葡萄牙船队获得了滚滚财源。接踵而来的是它的邻国西班牙。伊莎贝尔女王，还有著名的哥伦布和麦哲伦，巨大的商业利润令人陶醉。十五世纪末，在罗马教皇的主持下，竞争之中的葡萄牙与西班牙举行了一次谈判。两个国家像切西瓜似的在地球上划一条线，东面的归葡萄牙，美洲归西班牙。西班牙之后崛起的海上强国是荷兰，这个国家依靠海上贸易赢得了世界市场。此后，另一些欧洲国家时常依靠海洋上的较量争夺霸权。例如，英国就是在一次生死攸关的海战之中击败西班牙，从此开始了日不落帝国之旅。进入十九世纪，西方帝国瓜分世界的计划图表之中，称心的猎物已经不多了。于是，它们的炮舰络绎不绝地汇聚到中国海疆，犹如一群嗅到了血腥味的鲨鱼。中国与欧洲，两条相距遥远的历史线索终于在此刻汇合在同一个空间，这就是左宗棠必须面对的海洋了。

左宗棠是湖南人，可是与福州很有缘分。虽然左宗棠五十三岁才担任闽浙总督，但是，他在三十七岁的时候就曾经得到一个福州大英雄的激赏——林则徐林文忠公。年逾花甲的林则徐途经长沙，点名要见隐逸在家的左宗棠。竟夕长谈，二人极为投机。林则徐慨然将自己收集的新疆资料倾囊相赠，并且断言日后平定新疆的人非他莫属。

七十三岁的时候，身为军机大臣的左宗棠作为钦差再度抵达福州，处理马江之战的善后事宜，第二年病逝在任上。据说他病逝的那个晚上，福州暴雨倾盆。一声巨雷响过，东南城墙被劈出一个几丈宽的口子。第二天，一个不祥的传说一阵风似的掠过这个城市：此乃天意，毁我大清长城。当然，不管左宗棠拥有多少功名，福州乡亲对于他的认识和景仰肯定是与马尾船政分不开的。

担任闽浙总督不久，左宗棠上书奏请设局监造轮船："夫习造轮船，非为造轮船也，欲尽其制造、驾驶之术耳。非徒术一二人能制造、驾驶也，欲广其传，使中国才尽日进，制造驾驶辗转授受，传习无穷耳。"不到一个月，左宗棠的深谋远虑得到了清廷的首肯。清廷批准左宗棠在福州马尾择址办船厂，同时创办船政学堂，培育自己的造船技术人才和海军军官。然而，一切尚未就绪，西北狼烟四起，朝廷旋即调遣左宗棠改任陕甘总督。辞别万里海疆奔赴黄沙大漠，左宗棠放不下福建海防的一腔心事。他向朝廷推荐江西巡抚沈葆桢接任船政大臣。对于福州地面上的升斗小民说来，船政与天下大势是一个太大的题目，他们茶余饭后的谈资毋宁是左宗棠与沈葆桢的关系。

左宗棠三邀沈葆桢差不多成了福州的一个众所周知的典故。当时，沈葆桢从江西巡抚任上丁忧在家。左宗棠一次又一次地拜访福州宫巷十一号的沈家大院，犹如当年的刘皇叔拜访诸葛亮的茅庐。那些可以与左宗棠惺惺相惜的人绝非等闲之辈。煮酒品英雄，登高论天下，历史上的风流人物一次又一次地上演过类似的故事。或许，即是因为与刘皇叔的"三顾茅庐"过于相像，以至于没有多少人愿意追问一句：为什么沈葆桢迟迟不肯出山？

一大堆顶戴花翎、长袍马褂的朝廷命官之中，沈葆桢显然是一个特立独行的人物。十六岁考取秀才，二十岁考中举人，这无非是一些常规的人生情节；他曾经两度赴京赶考落第，然而，挫折终究得到了弥补——沈葆桢二十七岁考取进士，殿试之后入选翰林院任庶吉士，三十六岁出任江西知府。可是，沈葆桢的仕途逐渐驶入快车道的时候，他的心情突然变了。沈葆桢在江西任职的时候顶撞了上司，然后挂冠而去。他返回福州宫巷十一号的沈家大院，吟诗泼墨，乐不思蜀。不知是厌倦、厌恶还是对于他所供职的朝廷并不信任，总之，他刻意回避官场，宁可在宫巷旁边的南后街开一间裱褙字画的小店铺，替人写一些对联、扇面，收取若干润格贴补家用。这不像韬光养晦或者待价而沽。朝廷很快起用他，沈葆桢竟然以照顾双亲为由固执推辞。朝廷干脆任命他为江西巡抚，并且不许再辞。此后，尽管沈葆桢加官晋爵最终做到了封疆大吏，但是，反反复复地上书辞官差不多成了他任职的独特风格。"学而优则仕"是当年大部分书生的梦想，历史上恐怕很难找到如同他这么热衷于辞去官衔的人。

左宗棠是在什么时候掂量出沈葆桢的分量？不得而知。沈葆桢陈述哪些理由推却左宗棠的前两次邀请？不得而知。可以猜想，左宗棠不会如同刘备那样用毕恭毕敬的神态打动沈葆桢。如此两个大人物之间的默契只能因为高瞻远瞩的共识。左宗棠的大轿第三次停到宫巷十一号的门前，沈葆桢拱手出迎。一盏热茶之后，左宗棠坐在沈家大院厅堂的太师椅上开始了滔滔宏论。击节赞叹，拍案称奇，湖南口音与福建方言，犀利的言辞与爽朗的笑声绕梁不去。天下大势，英雄所见略同，酒酣耳热，七尺男儿血脉偾张，总之，左宗棠的灼见与拳拳之意终于融化了沈葆桢的铁石心肠。他答应暂时搁下吟风弄月的文人把戏，投身于船政那些毫无诗意的具体事务：选址，建房，聘人，筹措经费，购买机器，还有种种琐碎的行政纠纷。

或许还可以猜想，左宗棠多少存有"投桃报李"之意。当年林则徐慧眼识英雄，力荐籍籍无名的左宗棠；现在是回报知遇之恩的时候了——沈葆桢是林则徐的东床快婿。尽管如此，沈葆桢肯定是人中之龙。如果遇到的是才疏学浅的无能之辈，左宗棠这种掷地有声的性格怎么肯徇私通融？

事实证明，沈葆桢不负众望。他的责任心甚至超出了许多人的预期。船政学堂初名"求是堂艺局"，暂借福州的白塔寺开课，初期的招生首先面向贫寒子弟。沈葆桢亲自主持首次录取考试，批阅试卷，荣登第一名的考生即是日后名满天下的严复。白塔寺坐落在福州的于山之上，寺内一座白塔迄今犹存。五十多年之后，老迈的严复还历历地记得当年在塔影山光之间的苦读。"求是堂艺局"的第一届学员仅有百来人。他们起早贪黑，勤学苦练，铿锵的英文朗读与绵长的和尚诵经相映成趣。

一年左右，马尾校舍落成，"求是堂艺局"迁到新址并且称为船政学堂。尽管沈葆桢醉心于古典诗词，但是，他的个人兴趣丝毫没有干扰船政学堂的课目。根据记载，船政学堂的课程设置十分重视造船与驾驶的理工知识："习制造者，则授以几何、代数、平弧三角、化学、重学、微积分、材料力学、水力学、制船、制机、测绘等；习驾驶者，则授以天文、地理、几何、代数、平弧三角、重学、微积分、驾驶学、御风、测学、演放鱼雷等；习管轮者，则授以算学、几何、三角、代数、重学、物理、行船汽机、机器画法、机器实习、修定鱼雷等。"造船班为前学堂，聘请法国人授课；驾驶班为后学堂，聘请英国人授课。沈葆桢绝不是一个只知道"子曰诗云""章句小楷"的冬烘，他知道"声光电化""奇技淫巧"背后的科学知识正在重塑世界。船政学堂先后派遣四届学生出洋，分赴英国、法国、美国、西班牙等国家留学。船政学堂的教育理念显示了沈葆桢罕见的开明。

有趣的是，重权在握的船政大臣沈葆桢舍不得放弃一个渺小的嗜好：字雕句琢，平平仄仄。繁忙的公务之余，他的最大乐趣就是召集一些诗友浅吟低唱。他们热衷于一种称之为"诗钟"的游戏：选出两个平仄不同的"眼字"嵌入诗句，众人必须在限定的时间之内写出联句。一大批文人雅士聚在一幢大院里，或者盘膝入定，或者踱步中庭，闭目念念有词，拊掌颔首微笑，沈葆桢的一些名句即是在这种游戏之中吟出来的，诸如"雪天裘被皆朋辈，平地楼台望子孙"，或者"海到无涯天是岸，山登绝顶我为峰"。据说"一声天为晨鸡白，万里秋随朔雁南"是他彻夜无眠的产物。可以想象，一个痴心文学的人常常多愁善感，目光迷离，如痴如醉地盯住天际的一片浮云而遗忘了上司的命令。然而，沈葆桢不是那种没出息的文人。他有好几副面孔。转身之间，他就会从风流倜傥的诗人变为铁腕酷吏。船政草创之初，地方官的刁难与当地居民的寻衅滋事此起彼伏。

沈葆桢时常动用钦差的名义大开杀戒。坊间流传许多沈葆桢冷面无情的轶事，无论是整肃下属、警告同僚还是对付周边的居民。谢绝那些响亮的头衔，退隐江湖，吟诗作赋；或者，打起一副官腔，执法如山，心狠手辣。二者之间存在什么矛盾吗？至少在沈葆桢那里，书案上的挥毫泼墨与刑场上的挥刀喋血并没有多少差别——他对于后者的认真程度绝不逊于前者。那一天沈葆桢邀请几个同僚联句，突然中途告假："我适有事，少顷回来再唱。"片刻之后返回，沈葆桢诗兴依然。事后得知，他抽空到衙门升堂审讯，惊堂木一拍一声断喝，又斩了一个。

左宗棠在奏折之中如此陈述兴建船政的理由："欲防海之害，而收其利，非整理水师不可；欲整理水师，非设局监造轮船不可。""福建海口罗星塔一带，开漕浚渠，水深土实，可为建厂之地。"沈葆桢完整地将这些理念转换为现实。"左沈共襄"这句话是左宗棠与沈葆桢天作之合的形容。日后马尾修建了一幢左沈二公祠，祠堂内有黑地金字的一联："开山两伟人，文襄、文肃垂千古；择地多深意，铸舰、铸才充四方。"英雄联袂，左右逢源，历史上如此快心的盛事为数不多。船政学堂先后培养出一批福建水师的骨干和海军人才，诸如刘步蟾、邓世昌、林永升、林泰曾、叶祖珪、萨镇冰、詹天佑、魏瀚等等；马江之战前夕，船政厂已经制造出战舰与商船二十多艘，总吨位近三万吨。

然而，一八八四年旧历七月初三下午，半小时左右的时间，接近二十年的积累灰飞烟灭。历史疾速地倒退，顷刻之间几乎归零。

三、罗星塔

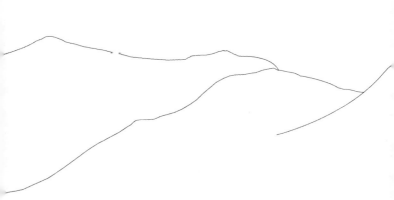

三、罗星塔

马江之战过去一百年后，我开始往返于马尾。我在罗星塔下的一个码头登上一艘不大的客轮，自水路赴上海求学。客轮从闽江口出海，贴着浙江海岸线行驶，穿过舟山群岛，进而转入黄浦江，从十六铺码头上岸，大约航行二十来个小时。我只买得起四等舱的客票。四等舱在客轮的甲板底下，舱内设有一排排铁架床，人声嘈杂，空气污浊。因此，航行的大部分时间我都在甲板之上逛荡。离开罗星塔码头不久即可见到，右面江岸一块狭长的岩石凌空跨入江中，如同一条肌肉发达的大腿。福州居民称这一块岩石为"金刚腿"。涨潮之际海水倒灌入江，恰好到"金刚腿"为止。"金刚腿"是淡水与海水的分界处，一道细线切开了浑黄的江水与墨绿的海水。常年打捞尸体的船工说，闽江上游失踪的溺死者最终都会漂到这里，被海水托到"金刚腿"附近的回流之中。

客轮绕过闽江口的琅岐岛出海，即可见到著名的五虎礁。五块黝黑的大岩石跃出滚滚波涛，势如守卫门户的五只猛虎。四只猛虎雄视海面，一只猛虎回望身后。有一次乘船赴上海的时候遇上了一个六级的大风。客轮入海之后立即开始晃晃悠悠地左右摇摆，当时我正在餐厅吃饭。三五个回合之后，我将筷子一扔，抓着走廊的扶手踉踉跄跄地摸索到船舱。二十来个小时的航程，我如同一只壁虎牢牢地粘在床铺上，唯一的意识就是抵抗晕眩与呕吐。

根据资料记载，这一段江流之所以称

为"马江"，因为江心的一块大礁石形状如马。"礁西马头江，礁东马尾江"，二者合称马江。《五杂俎》的作者谢肇淛有一句诗："石马不可见，浪花三千尺。"我一直没有见到这一块礁石。据说，这一块礁石退潮时伸出水面，涨潮时没入水中，时常成为江上行船的隐患。郑和下西洋的时候，曾经在礁石上建起一座灯塔，指点往来船只。礁石附近水流湍急，漩涡丛生，船覆人亡的事故屡屡发生。当地的乡人曾经请了和尚念经，超度亡魂，同时还在礁石的椭圆形石柱上铭刻佛号，辟邪镇妖："大方广佛华严南无大乘妙法华莲华经。"这一带江水咸淡交汇，鱼类繁多，当年常见一种"白刀鱼"，肉鲜味美，尽管鱼刺多了些。

奇怪的是，我在这条江上来来往往，始终没有意识到这里是一个巨大的历史创口。两岸山脉蜿蜒，江水滔滔不绝，七百多个前辈乡亲的冤魂游荡在江面，长吁短叹，慷慨悲歌，可是我浑然无知。提到江上的水军对垒，我的贫乏想象几乎被罗贯中的《三国演义》完全俘虏。"既生瑜，何生亮"，"草船借箭"，"火烧赤壁"，这些典故烂熟于心。我曾经专程到赤壁怀古凭吊，虔诚地伫立在那个江湾的一小堆石块边上体会"乱石崩云，惊涛裂岸"的气势。可是，悲壮的马江之战为什么迟迟没有进入我的视野？

　　这个世界上没有几个人的寿命超得过一百岁，多数人不可能亲历一百年前的故事。通常，种种陈年旧事零散地记载于形形色色的历史著作之中，等待后人的翻阅。恐怕得承认，我对晚清这一段历史心存几分反感。什么《穿鼻草约》《广州和约》《天津条约》《北京条约》《马关条约》《辛丑条约》——七十年左右的时间，清廷大约签订了二十来个不平等条约。耗费精力研读这些玩意，收获的仅仅是一个重复的主题：屈辱。我总是下意识地绕开这一段杂乱无章的历史走廊，转身躲到《三国演义》这些虚构的故事之中。种种繁琐的历史资料交给历史学家摆弄，我宁可躺在文学的温床上享受壮烈与豪迈。《三国演义》开宗明义就是一首《西江月》："滚滚长江东逝水，浪花淘尽英雄"——这是英雄的历史。把酒临风，栏杆拍遍，水随天去，流不尽的英雄泪，我已经习惯于进入古代文人修饰过的历史，雄视江山，纵论兴亡。如果历史突然改成了马江之战的累累浮尸与军舰残骸，我肯定措手不及。

马尾一带面江倚山，背后即是福州东郊的鼓岭。登高而望，江上烟波苍茫，两岸一大片水田阡陌纵横。风光壮阔，文人墨客免不了要吟诵几句诗文，诸如"崖暗古木阴，沙明暮潮吼""君听满棹歌声起，何似江南竞采莲"，或者"海门一望三千里，只有罗星一塔浮"。我偶尔读了几首，很快察觉一个特殊的迹象：马江之战过后，许多诗文不再罗列山光水色，而是夹杂了许多悲愤沉郁之声，例如"切齿不堪鼙鼓恨，尸浮马渎水流红""陈涛往事何堪说，日暮伤心梁甫吟""知有忠魂江水上，西风夜夜咽寒潮"，如此等等。民国四年（一九一五），福建巡按使许世英在视察马尾的日记中说："甲申葬骨处，碧血常埋，霸图未起。对此河山，能无兴感！"他的日记录下了姓胡与姓何两位随员的诗作，顿挫不平之气跃然纸上："拔剑歌能舞，临流泪自吞，茫茫东海阔，精卫莫填冤"；"击楫心何壮，悲歌气欲吞，河山多破碎，搔首几鸣冤"。不过，由于我的迟钝，这种迹象仅仅交给文学常识予以解释。通常认为，诗人多愁善感，他们的遣词造句未免夸张一些——我一直没有意识到马江之战的酷烈和锥心之痛。

可以肯定，先前我不止一次地与马江之战的史料迎面相遇，然而，我总是不知不觉地迁回到外围的趣闻轶事，例如罗星山与罗星塔。罗星山是坐落于马江江心的一座孤立小岛，旧称"磨心山"，形容水流之中的"磨心"，故而山下临水的岩石铭刻了"中流砥柱"四个大字，多年以前已经被泥沙淹没。相传晋太康三年（二八二），福州的首任太守严高拟扩大城池，绘制了计划扩建的福州地图送到京城请教风水大师郭璞。郭璞捻须不语，穿城而过的闽江引起了大师的顾虑——这会不会导致满城的财运付诸东流？当他发现江心存有一岛之后，心中大为宽慰。这一扇小屏风挡住了财运外泄，大师慷慨地预言此地五百年之内必定大盛。

罗星塔位于罗星山顶，相传由岭南的柳七娘所建，亦称"磨心塔"。柳七娘姓李，颇有姿色，嫁给了柳七郎。当地的豪绅要打柳七娘的主意，设法逼使柳七郎至福建充军。柳七郎不幸殁于福建，柳七娘变卖家产之后到罗星山建塔为丈夫祈福。明代期间，罗星塔毁于台风，不久之后重修。多少年咸湿的海风已经把罗星塔上的石砌栏杆蚀得凹凸斑驳，可是，悬挂在每一层檐角下的风铃叮叮当当地响到如今。据说罗星塔上曾有一联："朝朝朝朝朝朝夕，长长长长长长消"，众人不解其意。一个途经罗星塔的道人读过之后会心一笑：六个"朝"字或者解释为日复一日，或者通"潮"，无非是形容罗星山一带的潮汐消长而已。道人言罢倏忽不见，有人认得是八仙之一的吕洞宾。这种传闻不足为奇，多处临江或者面海的楹联都有相近的文字游戏。

有趣的是，罗星塔重建的时候浮现了一个极为奇特的观点。据说福州地面的风水专家认为，江河的下游建塔，有助于振兴当地的文运。所以，明代的徐𤊸在《兴复罗星塔呈词》的开篇说："兴复古迹，重创石塔，以培风水，以振文运事。"大约相当一段时间，福州的科举陷入颓势。因此，罗星塔的再造包含了一种诚恳的祈求："幸值法星之运照，即征文运之将回。恳乞照察舆情，主盟盛事，力挽既衰旺气，宏开久郁科名。"我很乐意想象，拜托罗星塔的护佑，福州的那些进士和状元分别拥有了生花妙笔；我甚至乐意把护佑的名单扩大到那几个福州籍的文豪，例如严复、林纾或者谢冰心。

严复是一个启蒙思想的先驱，翻译了《天演论》等一批学术名著，"物竞天择""适者生存"的观念惊醒了整整一代人。林纾擅长古文，俨然作为守旧文人的代表向五四新文化运动挑战，林纾撰文训斥北京大学校长蔡元培的典故几乎无人不知。尽管如此，林纾的翻译远近闻名，"林译小说"成了文学史上的一个专门术语。林纾不谙外文，一百八十多部小说的翻译无不依赖他人的转述。他的译文生动流畅，而且下笔如飞。转述者话音未落，他的句子已然落纸；全文一气呵成，不加窜改。鲁迅、周作人等都是林译小说的拥趸。至于冰心，大约算得上五四新文学的女儿了。问题小说、爱的哲学和"寄小读者"一次又一次打动了文坛。

她的崇高声望因为长寿而赢得了马拉松式的增长。"冰心奶奶"这个德高望重的称号表明，她最终晋升为祖母级的文学偶像。考察得出这些文豪与罗星塔之间的联系，可以开设一门"文学史与风水"的课程。

慚愧的是，很久之后我才意识到，这些作家都与马江之战以及马尾船政存在种种奇怪的联系。严复毕业于马尾船政学堂，随后在各条军舰练习了五年。他被派到英国的格林威治海军学院等大学留学，回国之后短暂地担任了一段马尾船政学堂的教习，随即就被李鸿章调到天津的北洋水师学堂担任总教习。翻译《天演论》之前，他已经是多年的北洋水师学堂总长。相对地说，林纾与马江之战的联系较为曲折。从潜心于桐城派古文到翻译《巴黎茶花女遗事》，这个转折多少有些偶然。很长一段时间，林纾因为妻子的病故而伤悲不已，船政局的老友魏瀚频繁地邀他出门散心，法文教习王寿昌等人时常作陪。某一次泛舟马江，王寿昌言及法国小仲马的名著《茶花女》，缠绵悲苦，十分投合林纾的心境，二人立即商议翻译成中文。于是，魏瀚出资购酒租船，船舱里王寿昌临窗口述《茶花女》情节，林纾振笔疾书，每日得六千字，这即是他翻译生涯的开始。后来我才明白，邀请林纾散心的魏瀚就是马江之战的那个特殊角色——张佩纶派遣到法国军舰斡旋的使者。当然，冰心的年龄够不上马江之战，但是，她父亲谢葆璋即是一个海军军官，参加过著名的甲午海战。谢葆璋由严复招收到天津水师学堂，学成之后进入北洋舰队服役，最高的职位曾经担任北洋政府的海军次长，现今还可以见到许多张谢葆璋一身戎装的相片。最富于传奇的也许是，马江之战中声名狼藉的张佩纶也充当了文学的亲眷；居留在福州短短的几个月，此公仿佛也领受到了罗星塔的恩泽。三十多年之后，他有了一个孙女。曾几何时，这个孙女竟然成为作家，即大名赫赫的张爱玲。

当然，现在我终于明白，罗星塔的首要意义是军事要冲，兵家必争。海阔天空的意义并非抒情咏怀，而是提供构筑炮台的制高点。罗星山独立于江流之中，如同"一夫当关"。明末清初的时候，郑成功曾经屯兵于此，在罗星塔下修筑土堡城寨。罗星塔附近迄今还有一块"试剑石"。据说有人献给郑成功一柄宝剑。郑成功向天默祷，一剑把巨石挥为两半，裂出的一半指向了东面。郑成功北伐无功，继而挥师东向，光复台湾。继凄婉的爱情与华彩文章之后，这是罗星塔制造出的又一种传说，神奇而豪迈。所以，福州知府李拔在《罗星塔铭》的题记之中说："罗星塔孤峰突起江中，如户之有键，喉之有舌，诚所谓扼要争奇，天造地设者也。我国家设险设防，关隘重重，声援犄角，刁斗森严，闽城百万户，真有衽席之安，无烽火之虞矣。"所以，他在铭文之中写下了"特立不摇，中流砥柱""以靖海疆，以御外侮"之类辞句。李拔肯定没有想到，一百多年之后，十艘法国军舰大摇大摆地驶入，公然停泊在罗星塔之下。闽江口的五虎礁、琅岐岛、闽安镇、罗星塔下——马江两岸炮台林立，防线重重，这些法国军舰为什么敢于深入虎口，冒险进犯？

这是马江之战抛下的一个谜团。

四、战 与 不 战

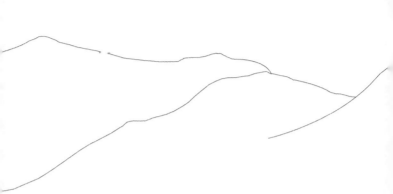

四、战与不战

一个小说家多次郑重其事地提醒我关注马江之战。她同时补充说，这似乎不像一场真正的战争。坦率地说，是她的后半句话提起了我的兴趣。的确，愈是深入这个历史事件，遇到的奇怪之处愈多。

　　古往今来，酿成一场战争的缘起不一而足。觊觎领土，争夺矿产，贸易摩擦，水资源纠纷，家族之间的怨恨或者政治制度的分歧，每一种理由都可能是点燃战火的第一根火柴。战争的机器一旦发动，铁与血的对决即将开始。这时，世界的各种事务转入另一种语言。从大刀、长矛、梭镖到隐形战机与航空母舰，不论炽热的词汇与钢铁的语法如何复杂，所有的结论无不简单异常：你死我活。战争之中的军人通常保持了一副坚毅刚强的表情。大智大勇，强悍果决，铿锵的言辞与迅雷不及掩耳的动作；他们那里，赌徒式的冒险精神与视死如归的微笑共同镀上了令人敬重的光芒。怯懦、犹豫以及妇人之仁是军人蔑视的性格，但是，没有理由把所有的军人想象为战争机器之上千篇一律的标准化零件。杰出的军人可以在炮火纷飞的战场显示出富于个性的智慧和思想。苛刻的秘密训练，缜密的战略设想，闪电一般的奇袭，或者，忍辱负重，哀兵示弱，然后在一个出其不意的时刻一跃而起，一口咬住对方的咽喉。从阴谋，圈套，声东击西，围魏救赵到过人的胆魄，无敌的气概，顽强的韧性乃至独具一格的牺牲姿态，精彩的战争时常是谋略和勇气共同构造的杰作。例如，一九四一年日本奇袭珍珠港即是一个令人击节的典型标本。

但是，马江之战似乎找不到这一切。一八八四年旧历七月初三下午的第一声炮响之前，福建水师之中仿佛弥漫着一种奇怪的慵懒气氛。追溯起来，这一场战事已经酝酿多时。十九世纪中叶开始，法国入侵中国的藩属国越南，占领南部六省。此后，法国军队陆续攻陷河内等地，力图打开中国的门户。然而，这种意图并没有顺利实现。应越南朝廷的请求，刘永福率领的黑旗军多次重创法国军队。双方的军事对抗延续到一八八四年初，中国方面逐渐陷于劣势。这时，清廷不得不授权李鸿章与法国代表福禄诺签订《李福协定》。一个多月后，法国军队突然到谅山"接防"，酿成著名的"北黎冲突"。交战之中，法国军队死伤近百人。恼羞成怒的法国政府张口索赔两亿五千万法郎，并且计划占领中国沿海的某一地作为抵押，迫使清廷就范。法国军舰先期攻打台湾的基隆，遭到了刘铭传守军的顽强阻击，继而转向了福州的马尾。清廷多少意识到，二十来年漫长的能量积累已经到了危险的边缘，战争的气息愈来愈浓烈。因此，张佩纶奉诏从北京辗转抵达福州督办海防军务。尽管这个书生多少做了些部署，但是，福建水师并未像一只醒来的狮子那样竖起了全身的神经。这一支舰队时常分散在各地，聚赌成风，缺乏严格的作战训练。大敌当前，许多人开始的时候仿佛吃了一惊，不久就恢复了懒洋洋的松散。尽管如此，恐怕还是没有多少人想到，不过半个小时的炮火，十多条军舰与一千三百多人的队伍就像一堵衰败的残墙那样无声无息地垮下去。

马江之战过后，潘炳年等人在参劾失职官员的奏折之中说：福建水师与法国军舰相持一个多月，没有理由推说事发仓促，不及筹备；十一艘军舰，另有水雷、各种小型舰只与两岸陆军，也没有理由推说"无兵、无船、无械"。因此，福建水师一败涂地，必须严惩张佩纶、何如璋这一帮玩忽职守的家伙。尽管许多人纷纷响应这种声讨，但是，痛心疾首的愤激之辞无法掩盖另一个奇怪的问题：船坚炮利，戒备森严，那么，那些法国军舰如何闯入马江，轻而易举地扼住了咽喉要道？闽江入海口地势险要，长门、金牌两山相对而望，山峰之间蜿蜒而过的江面仅三百八十余米宽。长门炮台虎踞山巅，形如古堡；金牌炮台因为江边一块巨石得名，巨石高十丈左右，宽、厚均数丈。三十多年前，林则徐曾经到这里勘察，修缮炮台。马江之战前夕，长门炮台拥有五门德国制造的克虏伯炮，金牌炮台拥有两门。法国军舰贸然闯关，这是第一道坚固的门户。

许多资料记载，最初的一艘法国军舰是以"游历"的名义进入马江的。这肯定是许多人怎么也无法预料的故事情节。两军对垒，剑拔弩张，"游历"这个奇怪的概念是如何冒出来的？据说舰长曾经进城拜谒，当地官员在城内的乌石山上设宴款待这个奇怪的旅行者。我始终没有查到更为详细记录，一直不明白法国军舰的"游历"申请由哪一个部门批准。礼仪之邦，礼数周全，这是善待友邻的方式；然而，豺狼当道，危机四伏，开门揖盗只能解释为迟钝和愚蠢了。估计这个法国舰长也没有料到，略施小计就如此轻易地讨到了进入马江的钥匙。数日之后，法国舰队司令孤拔率领多艘军舰抵达，三艘泊马尾港，两艘泊长门炮台附近，还有两艘停在闽江口之外的马祖澳，初步控制了闽江入海口到马尾的几个要津。法国舰队的军舰与福建水师的舰只近在咫尺，朝夕相望，双方似乎都无法采取什么秘密动作。如果说，军舰之间的会战多半发生于辽阔的海面，舰队列阵，前呼后应，呼啸的导弹破空而过，若干战斗机穿插助阵，那么，这一切不可能再现于马江之上。马江之上双方军舰的编队犬牙交错地混杂在一起，仿佛打算肉搏似的——双方的短暂距离也是福建水师的几艘军舰企图以冲撞的方式同归于尽的重要原因。当初，或许久经沙场的孤拔也无法想象如何制胜，但是，停泊在罗星塔下带给法国军舰的一个特殊收获是，解除了马江两岸相当一部分炮台的威胁。马江两岸诸多炮台的发射口已经固定，大炮的炮筒只能指向马江下游的出海口，罗星塔下的法国军舰藏身于这些炮台的盲区之中。

尽管如此，马江两岸处处屯兵，福建水师以逸待劳，围歼法国军舰的机会仍然存在。然而，两军遥遥相对的四十多天里，福建水师始终按兵不动。这些不速之客在烟波轻笼的江面之上驶进驶出，他们束手无策。按照国际公法，进入他国港口的军舰不得超过两艘，停泊时间不得超过两周，否则即可驱逐，不从即可开火。可是，张佩纶、何璟等犹豫再三，生怕触怒法国政府。"衅自我开"是一个莫大的罪过，扰乱了清廷的议和大事担待不起。张佩纶不止一次地动念先发制人，他上奏主张填塞航道，阻断法国军舰的后路，"只有先发，才能制胜"，但是，清廷和李鸿章的回电都是谨慎持重，切勿孟浪，填塞航道会影响另一些国家商船的出入，引起意外纠纷。总而言之，福建水师的全部事情即是等待谈判桌上的佳音。李鸿章与另外几个大臣远在千里之外的天津、上海讨价还价，美国似乎愿意居中调停，往返的密电忽左忽右，扑朔迷离，甚至有消息称上海方面的五十万两银子即可平息事态；这时，马江边上福建水师的将士开始在无所事事的等待之中一点点地松弛下来。许多人心里觉得，大约是虚惊一场吧。

事后得知，旧历七月初二孤拔接到命令决定动手。晚上八时，所有法国军舰的舰长冒雨集中在旗舰，聆听孤拔阐述作战计划。旗舰的宽敞会议室里，孤拔将攻击的时间确定为七月初三下午二时许的退潮之际。一份记载马江战事的法国文件遗留下这些文字记录："晚间八点，提督召集所有的船长到窝达尔号来，将他所决定的作战计划通知他们。计划内容的梗概如下：在八月二十三日下午（约近两点）当退潮移转船身的时候，各船准备出动，互相保持各船现在碇泊的距离，维护极微小的汽力速度。提督在桅樯顶上升起第一号旗，这个信号发出时，两只水雷艇应立即出动，攻击碇泊在提督上游的两艘中国战船。当第一号旗收回时全线立即开火……"孤拔对于每一条军舰的攻击目标做了详细的规定，并且指定两艘军舰停泊在长门上游，防止福建水师沉石或者布放水雷阻塞航道，封锁退路。

没有哪些迹象表明，福建水师获得了正确的情报。七月初三上午，法国军舰知会各国商船之后，风声外泄，几乎路人皆知交战在即，然而张佩纶仍然蒙在鼓里。福建巡抚张兆栋是否事先风闻了什么？他匆匆赶到何璟的衙门，请求分配一门小炮，何璟一口回绝。总督衙门的东西南北向分别开了四个门，何璟在每一个门口都架设一门守护的小炮。张兆栋怎么可能在如此紧张的时刻分到一杯羹？他愤愤离去，立即开始筹划出逃。福州距离马尾数十公里，远在法国军舰的射程之外。没有人知道，为什么张兆栋竟然如此惊慌？

当然，一个时日遥远而且头绪多端的历史事件，不明所以的空白之处比比皆是。现在甚至无法澄清，第一声炮响的时候天气如何。多数人的回忆是秋高气爽，晴空万里；但是，也有一些资料记载的是"初三午后，雷电交作，法乘潮开炮"，"法乘大风潮以雨，猝纵炮薄我"，或者"潮声忽挟雨滂沱，震耳犹疑霹雳过"。另外，第一声炮响的具体时间也存在不少分歧，甚至相差数十分钟。魏瀚是否前往法国军舰乞求慢一点开火？这是另一个疑点。一种流传广泛的说法是，魏瀚上午已经知道午后开战，但是，他不敢向张佩纶禀报。张佩纶的为人傲慢而且暴躁。如果消息有误，等待魏瀚的就是刻薄的讥讽和詈骂。待到法国军舰起锚升火，魏瀚急忙通知张佩纶。张佩纶仓皇不知所措，只得请魏瀚乘船往法国军舰与孤拔交涉，要求缓期。一种记载称魏瀚登上了法国军舰但遭到了孤拔的拒绝，另一种记载称魏瀚刚刚行驶到中途孤拔已经开炮——无论怎么说，所有的努力都为时已晚。日后有人对于这种说法进行了分析，认为诸多细节不可信。首先，魏瀚与张佩纶的职务相距甚远，且无私交，他没有必要也没有资格向张佩纶禀报街头的各种传言；法国军舰起锚升火之后开炮在即，没有哪一艘中国舰艇可能驶近孤拔的旗舰。总之，"魏瀚向孤拔乞缓"之说不可靠。代替这种说法的是另一种传说：旧历七月初三的午后，何如璋传见魏瀚，命令他乘坐一艘小机轮到英国领事的商船上打探消息。英国的商船停泊在马江下游，魏瀚的小机轮途经法国军舰时引起了误解，炮声骤然响起。

马江之战过后十天，何如璋在一封报告平安的家书之中说："璋于初三晚，带戚友家丁亲兵数十人，驻山后快安村。"这仿佛与一种传说不谋而合：炮声刚刚响起，何如璋立即带上若干亲随从船厂的后山溜之大吉。潘炳年在参劾的奏折中言之凿凿地说，何如璋躲入快安村的施氏祠堂，愤怒的乡民竟然焚烧祠堂驱赶他们；次日到了福州栖身两广会馆，不料又被周围的居民逐出。无奈之中，何如璋不得不返回彭田乡与张佩纶晤面。二人相对唏嘘，恍然如梦。对于何如璋说来，临阵脱逃仅仅是他的一项罪名；初五他又押解船厂的三万五千两白银再赴福州，存入藩库。此举再度引起了各种不利的猜测。一些人表示，这是蓄谋已久的行动，何如璋企图乘乱私吞国有资产；另一些人的意见相对缓和：何如璋借口押解白银藏身于福州，避一避风头——这多半是朝廷方面的观点。当然，何如璋不接受这些指控。他声称，开火之后曾经与张佩纶登上后山指挥；马江之战过后，左宗棠等人的查办得出结论：形容何如璋如同丧家之犬无处容身，这多半是民间舆论的不实之词；至于押解白银到福州，无非是照章办事而已。

据说，何如璋赴福州上任之前曾到关帝庙求签，签上的后两句是："万事尽随流水去，功名富贵等浮云。"何如璋在马江之战过后告诉别人，"流水去"即是"去"字一边加三点水，暗指法国的"法"；法国人进犯处置不当，一生的功名富贵就此烟消云散。无论如何，何如璋无法出示一个正面形象。何如璋先前曾经出使日本。一些人日后声称在日本外务省的档案之中发现他的两封出卖情报亲笔信，言下之意何如璋或许是一个国际间谍。这是另一件争执不下的悬案，笔迹鉴定无法确认这两封信肯定是何如璋的手书。何如璋所引起的褒贬至今争论不休，但是，一个细节事关重大——何如璋是否扣下了孤拔初一送交的战书？对于这一场中等规模的战役，提前得知消息，结局可能迥然相异。所以，潘炳年参劾的奏折气势汹汹地质问："初一日，法人递战书于杨武管驾张成，张成达之何如璋，秘不发。……何如璋实督船政，旦夕谋遁，弃厂擅走，已有罪矣；而谋匿战书，意尤叵测。"不过，根据一些人的详细考证，这或许是何如璋蒙受的不白之冤。法国方面的记载表明，孤拔初二上午接到准许开火的命令，初二晚召开军事会议，因此，宣战的照会不可能于初一发出。初三上午，驻福州的法国副领事白藻泰回到法国军舰，宣称上午八时通知各国领事，十时叫一个传教士将战书送给总督。清廷与地方的往来电文证明，初三上午收到法国战书的是闽浙总督何璟，而不是管驾张成与船政大臣何如璋。抛开何如璋的是非曲直不论，另一个问题立即浮出了水面：上午十时到下午二时法国军舰开炮，期间几个小时福建水师为什么还在酣睡？这是另一个不解之谜。一些人认为，何璟弄错了时间，以为法国打算几天之后开战；另一些人认为，何璟不谙法文，干脆把文件搁到一边。待到醒悟过来找到翻译，败局已经不可挽回——"翻译甫毕，炮声已隆隆。"

现在似乎可以肯定，"扬武"号管带张

成七月初三上午的确没有与何如璋发生联系。左宗棠在查办马江战败的复奏之中，对于张成的鉴定流露出不可掩盖的厌恶："惟已革游击张成，以多年学生管带扬武兵舰兼署闽安副将，责任不可谓轻，军情日急，该革员身充轮船营务处，应如何刻刻戒备，乃平日毫无布置，及初三法已悬旗示战，该革员始行登舟，又不督饬各船竭力抵御。福星、振威、飞云、福胜四船，死战不退，而扬武著名坚大之船，仅还一炮，陈英、高腾云等尚能力战捐躯，该革员遽以船受炮伤，驶至浅处，凫水而逃。张成系有统带各船之责，似此玩寇怯战，若不从严惩办，何以服军心而作士气。相应请旨将已革游击张成从重治罪，以儆其余。"左宗棠看来，这不仅是玩忽职守，而且临阵脱逃，罪不容赦。如此严词斥责肯定是清廷决定秋后处斩张成的重要依据。有趣的是，居然有二十九名美国人替张成求情，认为张成的过失应当归咎于清廷"不得先发"的命令，处斩张成无异于自损良将。张成的自我辩解之中说，他并未怯战逃命，而是自始至终坚守在扬武号的瞭望台，直至沉船溺水。他同时否认自己在营务处任职，不承认负有统率各舰的职责。估计没有多少人倾听这种辩解，确认张成七月初三上午的行踪更多在于证明另一个事实——他并没有收到法国的战书交给何如璋。炮声响起的前后，张成丝毫不像"扬武"号军舰之上的灵魂人物，沉着应变，指挥若定。

他更像一个没有实战经验的新手，慌乱而胆怯。根据"扬武"号的一个新兵容尚谦事后的供词，他看到孤拔旗舰的中桅忽然下旗，急忙报告张成；而张成竟然误以为法国军舰上有人病死，兀自站在甲板上观望议论。炮战开始之后，张成急忙藏身于桅杆之后躲避，"扬武"号遭到了鱼雷的攻击，他很快就跳水逃跑。当然，这个家伙最终还是免于一死，发配到台湾的刘铭传处效力赎罪。事实证明，清廷事后还是动了恻隐之心，没有勇气把战败的责任推给一个小人物。

马江之战中另一个事关重大的细节是福建水师的连舰停泊方式。十来艘军舰聚在一处，舰首的铁锚钉入江底。打击的目标如此集中，以至于法国军舰的突袭很快就大功告成。事先已经有许多管驾提出警告，张佩纶傲慢地置之不理，甚至"呸"的一声唾骂。管驾们最后一次表示异议大约是在七月初二的晚上："各管驾知和议决裂，恐即有战事，同谒帅府，力陈连樯列阵之非，并呈图说，张、何二大臣仍复未行改动。"显然，张佩纶的自负与固执是令人切齿的主要原因，没有多少人愿意进一步深究他的动机。一些资料显示，马江之战前夕，福建水师之中的大量水兵逃亡，以至于不得不临时招募一些壮丁补充；同时，福建水师的不少军官、大副、二副刚刚从船政学堂毕业，很可能临阵怯战，甚至擅自离岗。张佩纶觉得，诸多军舰聚集在眼皮子底下，既可以同声相应，振作士气，又有助于统一监管照看，这多少有一些生死与共的意味。张佩纶怎么也料想不到，他的得意之笔竟然是致命的败招。当然，即使没有清廷的议和束缚他们的手脚，张佩纶与何如璋仍然无法想象利用涨潮攻击法国军舰；相同的理由，日复一日的落潮也从未引起他们的不安。然而，四十多天察看潮涌潮退，孤拔心中的作战计划完全成熟。七月初三上午，法国驻福州的副领事白藻泰通知各国领事当日开战，而向福建总督何璟下达战书时已经是午刻，大约上午十时。显而易见，这是一系列精心策划的步骤，午刻已经到了即将退潮之际。孤拔的气魄在于，七月初三上午知会各国领事以及下达战书之后，他仍然不惧风声泄漏，福建水师利用涨潮率先动手。很大程度上，孤拔的信心源于对手的孱弱。他显然敢于断定，张佩纶等人的心目中，马江的潮汐从未与双方的交战联系起来。两军相逢，孤拔棋高一着，张佩纶的良苦用心付诸一江东流水。所以，张佩纶的后任裴荫森喟然长叹："是置之死地而竟死矣，置之亡地而竟亡矣。"由于马江之战的惨败，所有的人都可以理直气壮地奚落连舰的停泊方式，痛骂张佩纶刚愎自用。那么，如果采用另一种停泊方式——如果疏密相间，首尾数里，各条军舰单兵作战，马江之战是否会出现另一种相反结局？人声鼎沸的舆论之中，这种问题已经没有人关心了。

企图进一步还原这个历史事件的面貌，还有许多奇异的枝蔓四处延伸。何璟收到战书之后，自称曾经电告长门炮台，但因电线中断而无法传达——如此凑巧的事故不知该怎么解释？是两天之前的台风刮断了电线还是另有隐情？无论如何，长门炮台并未在马江之战中产生威力。还可以肯定的是，两岸的陆军也没有在马江之战中产生足够的威力。据说炮声响起的时候，陆军纷纷躲藏到山坳之中；待到炮声止歇，他们迫不及待地冲到附近的房子里搜括抢夺。什么原因使这一支队伍如此不堪，甚至比不上乡野的乌合之众？另外，南洋水师与北洋水师以各种理由拒绝驰援，坐视不救，号称"拨船援闽适以饵敌速变"，任凭法国军舰的激烈炮火把福建水师的舰队轰成漫江的碎片和浓烟滚滚之下的灰烬……但是，无论怎么说，最大的失策恐怕要归咎于清廷。用人失当，调度不力，军纪松弛，装备陈旧，这是一些日积月累的痼疾；另一方面，马江之战前夕的议和如同一条锁链自缚手足，惧战的情绪导致过多地寄望于和谈成功。对于驻守在马江的将士说来，这犹如坐以待毙。穆图善在一份电报之中表示了自己的无奈："彼操胜算，我失先着，……战无可战，皆遵旨静以待之。"他肯定没有想到，四十多天的"静以待之"居然得到这种结局。首鼠两端，举棋不定，欲战而乏力，欲退而不甘，下情不能上达，左右无法呼应，一声炮响，七百多个将士命丧黄泉，偌大一个帝国如同遭受一记重拳摇摇晃晃。痛定思痛，清廷的当权者是不是想到了什么？

没有多少资料证明，清廷做出了痛心的自责。日后的《清史稿》仅仅寥寥数语记述甲申之役："秋七月丙午，法人袭马尾炮台及船厂，陆军击退之。"这当然是一种事后的涂饰。这一份史料留存的谕旨是："法使延不议约，孤拔要求无理，我军当严阵以待，彼如犯我，并力击之，敢退缩者，立置军法！"如此激昂的调门显然与"彼若不动，我亦不发"之说不符。马江战败，慈禧太后龙颜大怒，"八月，论马尾战事功罪，褫闽浙总督何璟职及张佩纶卿衔。十二月丙申，张佩纶、何如璋并褫职遣戍。"官员的惩罚成了这个战役的总结陈词。这种总结不仅把船厂、军舰和人员的损失交代过去，并且顺带确定了未来的历史叙述。事实再度证明，历史的书写时常是权力的无形延续。

五、法国人孤拔

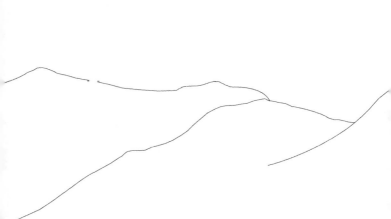

五、法国人孤拔

马江之战中另一个饶有趣味的节点是——孤拔之死。

孤拔系法国海军中将，马江之战的前两个月被任命为法国远东联合舰队司令。犯越南，攻基隆，发动马江之战，他均是首席指挥官。此公出生于一八二七年，但是，他的死期成了一个谜。马江之战过后，坊间关于孤拔之死的传说如此之多，以至于我差不多要觉得，要么远不止一个孤拔，要么那个孤拔不断地死而复生，生而复死。

孤拔死于马江之战福建水师军舰的炮火之下，这种说法开始流传的时候，马江上的硝烟还没有完全消散。当然，因为战败而惶然不安的张佩纶、何如璋、何璟、张兆栋等人无不乐于为这种传说推波助澜。

战后他们联名给清廷的报告之中称："彼军伤亡不少，传闻孤拔受伤甚重。"与此同时，何如璋的家书之中具有相近的表述："十一日所有法船均出外口，泊妈祖澳，皆下旗，闻系孤拔及副头均已伤，又有云孤拔未死者，彼船亦击沉三艘，余船多伤……"张佩纶等革职之后，接任船政大臣的裴荫森为昭忠祠撰写的碑文之中也有"……其酋亦负重伤，卒及于死。故丑虏夺气，越日尽遁，其所以屏蔽省门者，厥功亦甚伟矣"的句子。时隔二十余年，南洋大臣陈宝琛为张佩纶撰写的墓志铭仍然多方辩解，言及孤拔的时候大同小异："我亦坏法三船，孤拔受巨创。"虽然如此，这几个戴罪之臣心里肯定明白，传闻不一定是事实，再度莽撞地弄虚作假必定引来杀身之祸。所以，他们字斟句酌，无不声称是听来的消息。张佩纶日后给他的八弟回信时仍然谨慎地留有余地："兄始终未尝以击毙孤拔自居，或穆图善打死，或刘省三气死，或镇海击毙，听其各入行状可耳。"

多数人一度相信，孤拔是被"扬武"号上的尾炮击中的。法国军舰发炮之后弹如雨下，"扬武"号来不及起锚就被鱼雷击中，舰体起火，江水迅速涌入船舱，舰身立即倾斜下沉。这时，"扬武"号的尾炮开始发射，一发炮弹摇摇晃晃地飞出炮筒，随即落在法国军舰"窝尔达"号的舰桥上。一声巨响，引水员和五名水兵当场毙命；站在他们身边的孤拔侥幸躲开，炸伤了右臂，几日之后不治而亡。一个传说认为，发射这一炮的是刚刚从船政学堂到军舰上实习的容尚谦。此时容尚谦年少力薄，没有多少作战经验，但是，孤拔恶贯满盈，人神共愤，该是把他收走的时候了。"扬武"号一炮中的，这是老天爷借少年英雄之手取这个恶棍的性命。"扬武"号沉没之后，容尚谦游到了岸上，多年之后成为另一条巡洋舰的舰长。然而，他在事后的证词之中认为，击中"窝尔达"号的是他的同学杨兆楠，而且，杨兆楠发射了三炮而不是一炮。至于打死引水员和五个水兵，似乎没有什么异议。枪林弹雨之中，杨兆楠很快中弹殉职，再也不可能提供进一步详细的佐证。尽管如此，我觉得容尚谦的回述比较可信，一个人没有太多的理由虚构别人的功绩，尤其是涉及如此重要的事件。相对地说，另一种传说就不那么可靠——据说一个名叫李麟阁的舰长年逾六旬，军舰之上配有道光年间的旧炮三尊。法国军舰炮击马尾船厂的时候，孤拔站立在军舰舰桥扬旗指挥。李麟阁悄悄驶近连发两炮击中孤拔，孤拔即刻毙命。因为孤拔的死讯拖延多时方才公布，时日湮久没有留下确凿的证据，李麟阁的战功湮没无闻。当时江面上如此混乱，流弹乱飞，炮声震耳，每一尊大炮的炮筒都不时地吐出一团的浓烟，的确很难说飞向孤拔的那一发炮弹一定是从"扬武"号的尾炮里射出来的。然而，这个传说的破绽在于"李麟阁"这个名字。福建水师的十一条军舰卷入马江之战，舰长的名字——可考，并无"李麟阁"其人。

另一种传说似乎也无可稽考，可是，传说的情节如此特别，以至于我不忍舍弃。这是来自一个老妇人的口述。她是一艘小客船的舵工，七月初三下午正在马江附近载客。炮战开始的时候她急忙隐入船厂对岸的芦苇洲里。入夜之后，风高浪急，江面上浮尸滚滚，法国军舰的探照灯柱交叉照射，芦苇洲里躲藏的众多小船不敢出行。四更左右，她听到橹声吱呀，一艘破盐船驶过，船上坐了十来个马江附近尚干乡的无赖之徒，为首的叫林狮狮。盐船上配备了小炮，用于巡哨。巡哨的水兵逃走之后，林狮狮等人驾驶弃船出江。他们问了问法国军舰的位置，从容离去。片刻之后，几声炮响，据说盐船上的小炮击毁了孤拔军舰的上舱，睡梦之中的孤拔被落下的舱板压伤了手臂和胸部。孤拔的军舰立即还击，中弹之后的盐船碎片纷飞，船上的人无一幸免。

收集孤拔之死的各种传说时，我暗暗地企盼这一份业绩能够留给炮台上的将士。江面上的军舰不堪一击，两岸的炮台能否争一口气？马江之战，福州将军穆图善统辖长门炮台。相对地说，他所遭受的非议最少。穆图善时常足蹬革履，脚扎绑腿，头戴草笠，身穿号衣，深入军营与士兵同甘共苦。由于他的事先部署，法国水兵攻占炮台的时候遭到了守军的伏击，狼狈地逃回军舰。追究马江战败的责任，只有他免于处罚。穆图善系满洲镶黄旗，六十四岁病故于东北的任上。据说病故的那个晚上，穆图善自称吕洞宾派使者迎接他，街上的车马声彻夜不断，第二天家家户户门间上悬挂的饰物悉数消失。击毙孤拔的战绩与其让张佩纶、张兆栋、何璟、何如璋这一帮庸人沾光，不如归功于一个多少有些责任心的将领。不过，我很快遇到了一条大失所望的史料。当年《申报》刊登的消息与当地居民的纷纷传说共同声称，金牌炮台一个叫杨金宝的军官打死了孤拔。杨金宝率领一些士兵埋伏在金牌炮台附近的洼地里，待到孤拔的军舰靠近之际，他们先用长排枪射击，继而登上炮台开炮，孤拔当即饮弹毙命。孤拔军舰开炮轰击炮台，弹药库中弹，火光冲天，一排营房燃为灰烬。穆图善事后得知消息，企图将这一份功劳据为长门炮台所有。他声称杨金宝不仅临阵脱逃，而且妄称击毙孤拔，试图邀功请赏，按军法拟问斩。当地居民舆论大哗，琅岐岛十三乡各姓签名担保。穆图善自知理亏，但仍然利用权力将杨金宝即行革职，遣送回乡，"永不叙用，并不准投放他处军营"。公开与手下的将士争夺功绩，甚至挟私报复，这种事的确有失大将风范。

不论孤拔是否死于金牌炮台的打击，这种传说流露出一个重要的迹象：马江附近的水陆守军不堪信任。要么一触即溃，要么争权夺利，这种将士还能在战场上有什么作为？所以，另外一些传说干脆把孤拔之死杜撰成种种滑稽的轶闻，例如"缺嘴将军"。据说，当时长门炮台上的一尊大炮已经填满了火药与弹头。孤拔的军舰一面急驰出闽江口，一面向炮台发射。一发炮弹恰好命中这一尊大炮的炮口，巨大的震动引起了这一尊大炮的发射，射出的炮弹正中孤拔。天网恢恢，恶有恶报。日后，这一尊炮筒豁了一块的大炮被称为"缺嘴将军"。这个传说的另一个版本是，炮台一个姓何的伙夫黎明时手执火把到厨房煮饭，恰好遇到孤拔的军舰闯过炮台。他顺手用火把点燃弹药上膛的大炮，阴差阳错地一炮把孤拔送上了西天。总之，那些军舰、炮台形同虚设的时候，当地居民只能寄望于各种以讹传讹的故事。

还有一种孤拔之死的传说似乎是史实与虚拟的混合体。这种传说把孤拔中弹的地点拖回了二三十里——击中孤拔的炮弹是由三江口水师旗营的炮台上射出的。水师旗营的营盘就在马尾的江对岸，"三江口"指的是闽江、乌龙江和琴江的汇聚。据说这一段江流状若古琴，这是琴江之称的来由。雍正六年（一七二八），清廷从东北的镶黄、正白、镶白、正蓝老四旗抽调五百多名将士，驻扎在闽江旁边的琴江村，围地筑城，组建水师旗营——这个时间比福建水师的建立早一百五十一年。水师旗营营盘内部纵横十二条街道，四条直巷；每条街道都十分相似，街道的尽头或者山穷水尽，或者柳暗花明，外人宛如踏入一个迷宫。据说水师旗营的布局如同八卦之阵，因而琴江村又有旗人八卦城之称，水师旗营的正门有一联："江城严锁钥，海国固金汤。"水师旗营素来忠勇。当初有一百四十一姓从东北迁来，后来仅剩五十一姓——其中的九十姓皆因男丁战死而绝嗣。水师旗营在马江之战损失了两百多人，马家巷男丁全部殒命；马江之战的江面浮尸大部分漂到了琴江村，村民在江边的沙滩上打捞到三四百具尸体。如果能够让孤拔死于水师旗营的炮台，多少可以出一口恶气。水师旗营的炮台隐于营盘中央的小鲤鱼山，四周绿树杂沓。当时，水师旗营的佐领黄恩禄是穆图善的亲信。他对于何璟、张佩纶等人的戒令不以为然，声称："将在外君命有所不受。"孤拔的军舰经过琴江村江面时，炮台上的大炮猛然发射，猝不及防的孤拔登时呜呼哀哉。事后清廷查问是谁开的炮，没有人愿意承认——因为他们收到的军令是"无旨不得先行开炮，违者虽胜亦斩"。应付这个查问的时候，水师旗营的将士编出了一个故事，宣称江中鲤鱼精的五片鱼鳞化为五个炮神来到炮台，他们动手打死了孤拔——其中一个炮神拉动炮栓时过于用力，以至于折断了自己的中指。这个传说之中的矛盾显而易见。水师旗营的炮台不可能因为开火之后的还击而受到追究。然而，不管怎么说，这些故事盛传不衰，琴江村古炮台迄今犹存；庙里的五炮神画像之中，一位炮神的确少了根手指。

我相信还可以找出孤拔之死的另一些传说，例如孤拔服毒自尽之类。令人扫兴的是，历史学家似乎不愿意声援以上的任何一种传说。一个历史学家详细查阅了各种资料之后表示，孤拔阵亡之说不可信。一些记载表明，一个多月之后孤拔又率领他的舰队攻占台湾基隆，并且在台南的安平港与台湾兵备道刘璈有过一次会谈。不久之后，孤拔的确死了。比较可靠的记录是，孤拔病死于台湾的澎湖岛。据说他先是患了痢疾，继而是胆道和贫血症的问题，死于马江之战的第二年。一份出自法国人的记录进行了详细的描述："提督的遗体被施以防腐的香料，纳入三重的棺中，并安置在巴雅舰后甲板的祭坛上"，最终运回法国安葬。当然，如果考虑到孤拔的病程或许已延续数月乃至经年，孤拔在马江遭受重创之说也许算不上纯粹的空穴来风。另一个更为大胆的猜测是，孤拔之死的种种传说也可能成为迷惑对方的战术。七月初三之前，曾经谣传孤拔病重，法国水兵多人死于瘟疫，法国军舰曾经委托各国领事传话，他们想退出马江，请福建水师派出军舰送一送。这个消息后来没有了下文。事实证明，无论是主帅的诈死还是秘不发丧，这些战术都曾经在各种战役之中产生奇效。

另一个意味深长的事实是对于孤拔之死

的超常兴趣，各种版本的传说源源不断地繁衍。马江之战的战绩如此耻辱，只有认定孤拔之死才能挽回些许颜面。这些故事更像是失败者无奈的夸耀性虚构。不久之后浙江的镇海之役，招宝山炮台击中孤拔军舰、重伤孤拔的传说再度沸沸扬扬，情节如出一辙，原因也如出一辙。

六、尚干乡

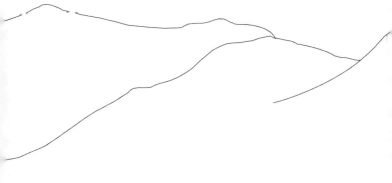

六、尚干乡

查阅马江之战的资料，可以遇到许多往返的电文。军机处当然是一个收发电文的中枢，同时还有各大臣之间的密电。相对于一场半小时的战役，这些电文数量繁多，意向纷乱，如同一幅没有织成的挂毯，令人不胜其烦。四十多天里，马江的形势、气氛不断地缩写为寥寥数句呈报远在千里之外的北京，一副当年的公文腔；清廷又陆续地将各种密旨、指令通过电波传来，遥控战局，也是一副公文腔。许多时候，双方之间并不默契。张佩纶等人曾经屡陈利害，再三主张先发制人；清廷再三犹豫，始终在开战、和谈、赔偿银两和帝国尊严之间权衡不定。我终于意识到，马江之战发生于国家与国家之间，所有的事情必须以国家的名义做出决定。一个询问输入庞大的国家机器，无数大大小小的齿轮叽叽咯咯地响一阵，然后吐出一个答非所问的指令。尽管庞大的国家机器可能老化、失灵、反应迟钝，甚至一个指令还在途中旅行的时候战役已经结束，但是，这一套程序不可或缺。从训诫、命令、恼怒到谦恭、委曲、申辩，这些电文之中的各种口吻证明，国家机器规定的等级运作机制神圣不可冒犯。

庞大的国家机器并非一个多余的存在。一个国家的决定远为审慎周密，不可意气率性。一个人可以因为小小的羞辱而血溅街头，或者倾家荡产；一个国家没有理由动辄以百姓的性命为赌注，好勇斗狠。某些时候，"忍小忿而图远略"表明的是另一种勇气——这是李鸿章的一句话。因此，国家的重大决定往往考虑到诸多参考系数，各路大臣纷纷发表意见，最后恭请皇上一锤定音。当然，清廷政治包括了复杂的利益纠葛。大臣们字斟句酌地陈述的种种判断不仅来自智慧和洞察力，同时还隐含了各个集团的利益角逐。一大群顶戴花翎的朝廷命官集聚在大殿上，若干看不见的轴心隐蔽地操纵着五花八门的观点，既共商国是，又勾心斗角，指桑骂槐或者敲山震虎都是这些人的拿手好戏。来自边陲之地马江的一个申请或者一份报告必须在诸多行政部门周转一圈，才能听到清廷的回复。如果将诸多行政机构的职能想象为忠实地上传下达，这多半是没有经验的书生之见。这些行政机构可能通畅，可能迟钝，还可能人为地失灵，花上一笔钱财的打点才能使之重新启动。某些时候，即使这些行政机构恪尽职守，确切的回音仍然可能渺茫难觅。来自地方的请求可能在一阵唇枪舌剑的辩论之中触礁，也可能搁浅在各种花言巧语的推诿之中。掌管地方事务的官员还在翘首以盼，事情早就无声无息地结束了。从朝廷的权力中心奔波到雾气朦胧的马江，张佩纶一定深有感触。不论是提出一种战略设想、一种防御措施还是增添军费、请求增援，一切都意外地吃力；穿过国家机器设置的所有程序犹如在一盆浆糊里游泳。他勤勉地与各个行政机构打交道，可是，这些部门是不是值得信任？马江之战分解为一份一份的电文持续不断地传到北京，而庞大的国家机器始终没有测算出最后那个突如其来的崩塌。

　　持续地在那些繁琐的电文之中查找马江战败的原因，肯定是一件令人心烦的事情。我恍然觉得，这场战役久久地赖在电文之间而不肯落地。当然，电文之中仅仅是张佩纶、李鸿章和慈禧太后这些人盘算的马江之战。这场战役的另一些组成部分根本没有进入他们的视野。走神的时候我愿意想一想，马尾附近的地面上还有哪些人活动在这个历史事件的空隙里？我记起了何璟训斥过的那一批满脸风沙的草民。他们似乎没有那么多左顾右盼的忌惮。他们上哪儿去了？这一批人在马江之战中干了些什么？这些草民有资格进入历史吗？我突然想到了"尚干乡"这个地名。

一个国家的主权遭受挑战的时候，应声而起的首先是职业军人。虽然有"国家兴亡、匹夫有责"这句话，但是，那些荷锄下田或者撒网打鱼的草民管不了太多的事情。战火弥漫到养家糊口的一亩三分田地，他们会愤怒地一哄而上，摩拳擦掌；然而，战火威胁到性命的时候，他们会胆怯地一哄而散，销声匿迹。这没有什么奇怪。大多数草民分配到的毕生事业仅仅是交粮纳税，他们没有任何机会触碰国家的权柄。没有理由想象，那些草民湿淋淋地从水田里爬上来，刮去脚上的泥浆，立即能坐到会议室里研究一份作战计划或者辩论一项制度设计。一些英雄人物感慨平生寂寞，孤愤难抑，但是，他们从来不肯让草民真正登上舞台。"民可使由之，不可使知之"，这是帝王统治维持已久的行规。因此，草民没有责任每时每刻紧密地簇拥在国家机器周围，舞枪弄棒，同仇敌忾。张佩纶在炮声中逃之夭夭是可耻的行为，而那些草民远避他乡理所当然。

当然，我所谈论的是常规，例外肯定存在，譬如尚干乡。马江之战尚未开始的时候，尚干乡获准招募一些义勇，"子弟踊跃争先。不旬日间，应募者三百名"——这里似乎比职业军人气势更盛。"尚干乡"这个地名曾经出现在许多马江之战的许多史料之中。例如，一份史料记载："又有马江下游三十里尚干乡众数百人，上书制军请战……是乡人最强悍。家有军器、火药、鸟枪、巨炮，武艺既精，又不畏死，平日相斗，动杀数百人，杀毕各领其尸，不鸣官，官亦不能过而问也。"尚干乡背靠五虎山，与马尾隔江相望，林氏是乡里的大姓，据说是河南迁来的比干后裔。比干冒死谏纣王，纣王怒杀比干而剖其心肝，这是著名的历史典故。所以，尚干林氏的耿直忠烈源远流长，尚干乡的剽悍民风远近闻名。方言之中，"尚干外甥"的实际涵义即是——此人不可欺。有一个舅舅在尚干乡，还有谁敢轻易得罪？

尚干乡的风气尚武，遍地拳师，一个身手了得的拳师远比财主更有威望。习武成风的地方多半争强好胜，各村之间热衷于龙舟竞赛。"老婆无第一，龙舟无第二"是尚干乡的口头禅。评价太太的时候不妨略为谦

逊——太太是别人的好，至于龙舟比赛只能
是榜首。如此强悍的口气肯定会惹起一些纠
纷，尚干乡推崇的解决方式是让拳头接着
发言。因为龙舟比赛而造成了村落之间的
大规模械斗，这种事寻常可见。一个人受了
委曲，回到尚干乡一声吆喝，所有的男丁
无不挟枪持棒，蜂拥而出，赤膊上阵，殊死
厮杀。械斗之中有人不幸挨了几刀乃至被砍
死，事后其他人抬起伤员和尸体自行离去，
没有人会低三下四地乞求官府断案。许多尚
干人性格刚烈，嫉恶如仇，视死如归。传
说之中驾驶盐船炮击孤拔的林狮狮即是尚干
人，多少年之后还出了个林祥谦。林祥谦
是"二七"大罢工的领导人，被捕之后绑在
站台边的一个灯柱上。敌人砍一刀问一声：

"要不要复工？"林祥谦带着轻蔑的口气回答："头可断，血可流，工不可复！"宁可死于乱刀之下，也不肯松一口气，这种性格的人就是尚干乡的子弟。有趣的是，尚干乡的女人拥有惬意的日子。一个男人如此刚猛的地方，女人下到田间风吹日晒似乎是一个笑话。尚干乡的女人仅仅在家里从事纺织或者绣花这些女红；哪一家女人伸出的手越白，男人越是体面。

那么多艘法国军舰大大咧咧地停泊在罗星塔附近，每一日在尚干乡的眼皮底下晃来晃去，这里的乡亲肯定吞不下这一口恶气。当然，尚干乡的踊跃与一个人有关——林培基。林培基是尚干乡的一个农家子弟，自幼就显露一些武学天分。尚干乡的兴林寺设有武馆，林培基因为家贫而无法交费入馆习武。武馆的教习慧眼识珠，许可林培基在武馆里给武童烧茶，抽空研习武功。多年以后，林培基在福建的乡试中被选取为第二名武举人；而后又在北京的会试之中得中第二名进士，殿试时钦赐第一甲第三名武探花，授御前侍卫。我猜想这时的林培基已经练就一身好功夫，敏捷如猫或者凶猛如虎。闽粤一带流行南拳，刚劲矫健，气势激烈，讲究贴身短打，或许林培基即是一个南拳高手，身材苗壮而且臂力超群，出拳跺脚嘿然有声，三五个人根本无法靠拢，当地的纪念馆现在还保存了一柄林培基用过的七十公斤重纯铁大刀；另一方面，担任御前侍卫的林培基一定眼界大开，远非乡间一个横着肩膀走路的好斗之徒了。一八八四年的时候，林培基在尚干老家丁忧。马江的气氛一天比一天紧张起来，林培基联络尚干乡另外两个姓林的武举人领衔请战。那一日给何璟递交请战的"万民折"，林培基作为乡绅的代表站在人头攒动的请愿队伍之中。尚干乡招募了三百四十一名义勇之后，这些子弟兵就交给了林培基统领。他们驻扎在马尾的海潮寺，枕戈待旦，与福建水师构成了犄角之势。

我持续地跟踪这一条线索，焦灼地期待一些惊人的故事情节跟进。年轻的时候，我对于拳脚上的功夫深感好奇，拳师的传奇故事曾经是入迷的读物。如今，一大堆作家、导演无不围绕武侠的故事打转。他们的想象之中，那些点穴高手或者内外兼修的大侠不仅行走于江湖凶险的客栈，而且潜入皇宫，染指最高权力的内部机密。历史是一个过于宏伟的题目，把历史改写为武侠的故事既有趣又简单。武林高手林培基显然是一个价值连城的想象酵母。

网络上有人考察《葵花宝典》的来龙去脉——这一部武功秘籍因为金庸的小说而闻名遐迩。据说《葵花宝典》曾经藏于福建莆田的南少林寺，是一个宦官的心血之作。如此杰出的武林高手为什么会隐在宫中当太监，这个谜团可能包含惊人的秘密。这种考察大胆地推测林培基是《葵花宝典》的作者，估计是由"御前侍卫"产生的联想。这个推测的作者大约没有读到林纾的《技击余闻》。不该将翻译《巴黎茶花女遗事》的林纡误解为缠绵悱恻的多情种子，他喜爱侠客剑术，据说时常佩带一柄长剑招摇过市。他的《技击余闻》兴致勃勃地记述了许多拳师的传说，其中存有一则林培基的轶闻：林培基携妾出门，入住一家旅店。林培基离开旅店的时候，一个老人屡屡撩起门帘窥视林妾。林培基回来之后大怒，径直上楼痛殴数十拳，对方一声不吭。林培基下楼之后很快手脚麻痹，不能动弹。旅店主人告知这是一个老拳师，向他求情或许还会有一条生路。林培基请人示意，老拳师答复必须林妾求情。林妾不得已照办，老拳师下楼按摩几下，林培基旋即痊愈。这一则轶闻无损于林培基的雄风，而是表明博大的武学深不可测；同时，林妾的存在还表明，林培基并

126

非那个写出了《葵花宝典》的宦官。这些悬念当然有待于进一步演绎，离奇曲折的情节马上可以接二连三地抛出来。然而，让我大失所望的是，什么也没有发生。林培基和三百四十一名子弟兵在马江之战中毫无建树。他们在海潮寺逗留了一些日子，而后屯兵于鼓岭，始终没有正式进入战场，"各义勇以未获一战为恨"。

我终于明白，不可能发生什么。军舰与大炮正在马江的江面怒吼对射的时候，林培基的拳脚功夫找不到位置。他们生不逢时，两种战争体系无法衔接，两个战场根本不在同一个空间。过去的很长一段时间，江湖英雄凭借的是一身的功夫。一壶浊酒，一柄长剑，酒酣耳热，出手如电。他们拳脚上的招数千变万化，门派分明。形意八卦，少林武当，这些响当当的名头在武林之中享有崇高的声望。然而，这个世界逐渐出现了一个重大变故：一个钢铁的工业社会远在江湖之外崛起。当工业社会的火枪、大炮与运转如风的刀法或者精妙绝伦的剑术狭路相逢的时候，武林传统很快走到了尽头。一柄左轮手枪即可在顷刻之间制服一个修炼了数十年的拳师，巴掌之中一台小小的机器无情地终结了一种声名远扬的技击体系。钢铁的工业社会疾速膨胀，轰鸣的大机器时代从天而降，众多小生产作坊的工艺无可奈何地没落，形意八卦或者少林武当也被挤到一个小小的角落，愈来愈少人问津。当工业社会的另一套概念、机制开始规划战争的时候，杀伤力拥有的空间急剧扩大，南拳北腿乃至弓马骑射都够不着了。制服笔挺的将军们考虑的是枪支和火炮的射程，爆炸的当量，新型战斗机的飞行速度，航空母舰横跨大洋远程作战的路线，如此等等。这种战争首先发生在地图上，然后是无数的手指头按下各种电钮、计算机键盘或者扣动枪支的扳机。各种炮弹、子弹和张佩纶等人频繁接收的电文不断地穿越这个空间，双方贴身的擒拿格斗几乎消失。新型战争开始的时候，那些擅长拳打脚踢的剑客拳师突然成了多余的人。

当然，大空间的战争通常由工业社会提供的巨大财富给予保障。林培基的拳脚功夫是数十年如一日地练出来的；工业社会的战争是财富孵化出来的。马江之战发生的那个年代，钢铁的工业社会正在与小生产方式全面交接。一发克虏伯炮弹三十两银子，相当于一个农民的一年收入；一门克虏伯大炮六十万两银子，"洋务运动"的背后是巨大的财政负担。福建水师与两岸炮台装备陈旧，弹药匮乏，甚至亏欠军饷，张佩纶巡视之后的感慨是，"炮台苦卑，船局苦敝，枪炮苦杂，子药苦少"。所以，马江之战的失败记录包括了一个国家工业的失败记录。这不是那个刚烈的尚干乡可以负担的。如果现今还沉醉在武侠梦幻的蛊惑而将历史托付给林培基的一双拳头，那一定是在懵懵懂懂之间走错了门。

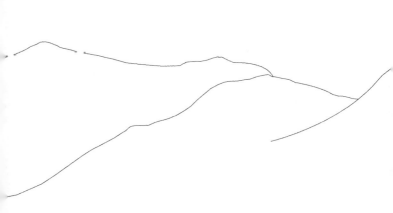

七、这个张佩纶

犹豫再三，我还是想再度提到张佩纶的名字。一个河北人，三十六岁正当壮年的时候意外地来到福州马尾，与马江之战劈面相遇。这是一个人与一个历史事件的短暂交叉。所有的舆论都认为，他必须对这个历史事件负责；没有多少人意识到，他的命运被这个历史事件彻底改变。尽管历史叙述不存在内部视角，但是，我还是企图设身处地地考察一下，张佩纶那一幅众所周知的漫画式肖像背后还有些什么？

　　奉命来到福州之前，张佩纶是朝廷上一个响当当的人物。他的声望与"清流派"密不可分，一度与张之洞、陈宝琛等齐名。张佩纶以冷面无情、文风泼辣著称，屡屡上疏批评朝政，弹劾那一帮昏庸失职、中饱私囊的官员，甚至权势显赫的王文韶也中弹下台——尽管张佩纶与王文韶的儿子是连襟。因此，张佩纶不仅成为许多人忌恨的对象，同时也成为一个声震朝野的政治明星，据说许多人竞相模仿他穿竹布长衫。当然，另一些人同时察觉，张佩纶从未挑战李鸿章。张佩纶父亲张印塘与李鸿章是至交，张佩纶不仅邀请李鸿章为父亲撰写墓表，而且，二人之间的信札往返十分热络。清廷指派张佩纶到马尾会办海疆事务，这是不是一个调虎离山的策略？一些人甚至认为，慈禧太后素来厌恶"清流派"多事。摇唇鼓舌，哗众取宠，不时让朝廷难堪。慈禧太后阴险地打发一个书生统筹战局，无非是让他从速出丑。现在已经很难想象张佩纶接受这个任命之后的心情，据说张佩纶已刊日记之中的这一年记载全部空缺。但是，张佩纶至少没有理由如同许多古代知识分子那样慨叹怀才不遇。身为钦差大臣，奔赴战火纷飞的疆场，建功立业的机遇千载难逢。张佩纶以及那些"清流派"分子常常在朝廷上气势非凡地指点江山，高谈阔论，声称绝不能在西方列强的坚船利炮面前气短示弱。现在，孤拔率领的十艘法国军舰雄踞马江，张佩纶能不能羽扇纶巾谈笑之间挥退强敌？无论如何，张佩纶当时怎么也想不到，他竟然在马江之战中声誉扫地，从此一蹶不振。

许多资料显明，断言张佩纶"怯战"是不公正的。或许，张佩纶抵达马江之后最为强烈的感受是左右掣肘。无论是向清廷申请先发制人还是部署福建水师的军务，他的意图总是不断受挫。将他推举为战败的祸首，张佩纶肯定感到冤屈。许多人听说，炮声刚刚响起的时候，张佩纶就溜之大吉，一些人甚至形容他一边逃跑一边抓着一个猪蹄大嚼。但是，张佩纶信誓旦旦地说，他曾经登山督战，法国军舰的炮弹纷纷环绕在身边爆炸；因为寓所毁于炮火，晚上他不得不退居彭田乡。尽管这种申辩遭到了持久的怀疑，但是，至少左宗棠为首的查办人员愿意相信。马江战败之后，张佩纶曾经上疏痛心疾首地自责，"损威，贻祸，咎无可辞"，他似乎没有提到自己的自以为是。自以为是往往成为张佩纶式知识分子的常见症状，尤其是他们曾经小有名气。几乎所有的史料都说张佩纶神情倨傲，盛气凌人。回想他在朝廷之上弹劾左右的锋芒，这一点恐怕不是虚构。李鸿章说过，清廷赐给张佩纶的权限无非是"会办"，"磨练英雄"而已，没有必要涉足太深。接受任命之初，张佩纶大约认可这种老于世故的经验之谈，他在动身之前一度私下表示，不愿过多地卷入地方的事务，甚至设想不久即称病告假；然而，手执权柄总是令人忘乎所以。久居朝廷的京官多半习惯于以不屑的姿态俯视各色人等组成的地方官场。他们对于地方官之间的无聊纠纷与低下的工作效率指指点点，嘲讽讥笑。他们常常打算挟天子之威快刀斩乱麻，一击中的。身居京城仅仅逞口舌之快，钦差大臣重权在握可以吆喝一方，大展雄图。突如其来的得意飞快地击败了许多自命高深的知识分子。由于擅长道德文章，"正义"时常不知不觉地成为这些知识分子作威作福的名目。

张佩纶很快察觉到福建的官场"十羊九牧"，何璟、张兆栋、何如璋、穆图善的资历都超过了他。但是，阅历未深的张佩纶仍然当仁不让地坐到了首席。他的自信来自钦差身份与出众的才能。或许张佩纶未曾意识到，不凡的见识对于地方事务意义不大。地方官更多地遇到的情况是，所有的人都知道正确的答案是什么，所有的人都不愿按照这个答案行事。分解盘根错节的利益关系，平衡多重的力量纠葛，这是一个成熟的地方官不得不首先考虑的问题。张佩纶时常穿梭于激浊扬清的滔滔言辞，长于坐而论道，拙于起而行之。短短的四十多天，他不可能一下子抛弃书生意气和纸上谈兵的习惯。张佩纶肯定高估了自己调兵遣将的才能，甚至高估了自己辨识人才的眼光。张佩纶乘坐"扬武"号抵达马尾。"扬武"号的管带张成投其所好，沿途谄媚，很快成为他的亲信，并且授命兼任闽安镇副将。张佩纶没有过问的事情，张成时常代为主张，趾高气扬地把众多同僚撇在一边。张佩纶著文弹劾各个大臣的时候，阿谀奉承之徒肯定是激烈抨击的对象；然而，这种人物笑容可掬地站在身旁的时候，他根本认不出来。总之，这个曾经在朝廷上高视阔步的书生携带一腔壮志踏上福州马尾，可是，几声炮响，万事皆空。纷纭的前因后果，无数人至今喋喋不休；我想知道的是，张佩纶会不会在一个夜阑人静的时刻偶尔想到，他的自以为是至少是酿成这种结局的一个隐蔽原因？当他激扬文字痛陈时弊的时候，自以为是表明了独立人格和与众不同的胆识；然而，同一枚硬币的另一面，这种性格又会成为可叹的固执和迂阔。

即使一败涂地，张佩纶恐怕还是没有估计到清廷责罚之重。清廷的第一次判决称，张佩纶"徒事张皇，毫无定见，实属措置乖方，意气用事"，"姑念其力守船厂，尚属勇于任事"，所以"姑从宽革去三品卿，仍交部议处"；但是，这种判决引起了许多人的愤怒，他们群起弹劾，认为张佩纶"玩寇弃师，偾军辱国"，"朋谋罔上，怯战潜逃"，迫使朝廷改判发配充军。这当然是一个绝妙的报应：一个在弹劾之中成名的人终于在他人的弹劾之中身败名裂。没有人知道，这位才子曾经在北方边陲的朔风之中想些什么，但是，我相信张佩纶肯定明白自己的替罪羊角色。这个历史事件的头绪如此之多，一个公认的结论几乎无望；既然如此，朝廷的意愿一定是尽快了结。有人及时地充当唾骂的对象，公众的怨气就不会毫无节制地持续蔓延。张佩纶在察哈尔充军三年，稍后何如璋也发配到这里。两人相距不远，同病相怜。有一回何如璋中风发病，张佩纶抄了一帖药方给他，据说效果甚佳。

　　不言而喻，李鸿章也明白张佩纶充当了替罪羊。一些人认为，这肯定是李鸿章日后收留张佩纶的重要原因——不仅爱才，而且内疚。李鸿章是"清流派"的老对手，可是他对于张佩纶始终青睐有加。据说马江之战开火的前几天，李鸿章还给何璟发了一个电报，交代要绝对保证张佩纶的安全："闽船可烬，闽厂可毁，丰润学士必不可死！"张佩纶结束三年的流放生涯之际，李鸿章慷慨地代他支付了二千两银子。这一切无不表明了李鸿章的一贯为人。尽管如此，李鸿章宣布把女儿嫁给流放归来的张佩纶时，四周还是一片哗然。

这一段奇特的姻缘怎么完成，各种版本的轶闻在众多好事之徒中间辗转流传。一个普及的版本是，落魄之后的张佩纶在李鸿章的书房闲谈，偶尔读到李鸿章之女鞠耦的两首诗作，其中有"论才宰相囊中物，杀贼书生纸上兵"之句，对于马江战败存有宽恕之意，张佩纶一时引为知己。所以，当时坊间流传一副调侃的对联："半世功名丢马尾，一生知己是蛾眉。"张佩纶默诵诗作之后首先询问李鸿章这是谁的手笔，李鸿章告知这是"小女涂鸦"，而且补充说这个女儿仍然待字闺中。张佩纶问，要找一个何等的郎君？李鸿章说如同先生一般即可。张佩纶心领神会，回家立即托人过来说媒。另一个版本也相当有趣，并且附有一副更为挖苦的对联。这个传说认定李鸿章收留张佩纶做鞠耦的家庭教师，鞠耦当时已经二十三岁。一个是落难英雄，一个是大龄才女，二人之间的师生恋似乎在所难免。尽管如此，迂腐的时人仍然不乐意，那一副挖苦的对联上联是

"老女嫁幼樵，无分老幼"；下联为"西席变东床，不是东西"——"老女"当然指的是鞠耦，"幼樵"是张佩纶的号。日后张爱玲在《对照记》之中说，她父亲否认了这些传说，并且认为书房之中鞠耦的那些诗作也是他人捏造的。张爱玲同时说，李鸿章的夫人大吵大闹，不愿意让宝贝女儿嫁给一个大女儿十七岁的人做填房。

当然，鞠耦最后还是嫁入了张家。张佩纶后半辈子的唯一安慰恐怕就是这一任夫人。功名破碎，情场却得意，人生的账簿上总算不是一无所有。张佩纶娶过三任夫人，三个岳父的身份不断递进。第一任夫人朱芷芗的父亲朱学勤是军机章京；第二任夫人边粹玉的父亲边宝泉最终做到了闽浙总督。边夫人去世一年多张佩纶娶了鞠耦，李鸿章时任直隶总督；而且，这个夫人是李鸿章亲自送上门来的。当时张佩纶已经四十岁，两眼浮肿，一绺小胡子，一顶瓜皮帽，一副松松垮垮的身材，流露出不少迟钝的暮气，况且两袖清风，居无定所。然而，鞠耦没有嫌弃。不知她是像李鸿章那样敬重张佩纶的才情，还是别具慧眼？总之，这个女人不弃不离，一直陪伴张佩纶走完了此后的日子。

日后张爱玲不吝用"如花似玉"形容她的祖母。鞠耦是这个历史事件中出场的唯一女人，或者说是这个历史事件中唯一温柔缠绵的女人。马江之战没有给女人腾出位置，扑进枪林弹雨的身躯都是男人。偶尔有几个母亲忧心忡忡的容颜一晃而过，例如，大战在即，船政后学堂教习吕翰让妻子把老母送回原籍，表示破釜沉舟；建胜舰管带林森林把日常所用的香篆盒寄还母亲，打算以身许国。显然，这些母亲的形象无不脱胎于孟母的原型，训诫儿子精忠报国是母亲角色必须承担的使命。然而，这个叫作鞠耦的大家闺秀远远地徘徊在这个惨烈的战役之外，她与马江之战的联系仅仅是李鸿章书房里那两首真伪莫辨的诗作。所以，她有资格充当一个善解人意的家眷，用柔情蜜意抚慰张佩纶的失意人生。他们时常在一起饮酒、品茗、谈画、赌棋，合著一本食谱和武侠小说。张佩纶终于从咄咄逼人的弹劾文字和炮火纵横的马江战场转过身来，在女人的怀抱和文人雅事之间找到了归宿。

但是，张佩纶这种性格怎么肯久居人下，甘于寂寞？张佩纶婚后居住在天津的直隶总督衙门。我相信，李鸿章羽翼的庇护强烈地伤害了张佩纶的自尊心。据说，李鸿章七十大寿的那一天，他竟然不肯混迹于一大堆祝寿的达官贵人之间，而是躲在屋里与鞠耦下了一整天的棋。李鸿章仍然十分器重他的才华，各种事务时常征求他的意见。没有料到的是，张佩纶竟然因为政事与李鸿章之子李经方翻脸，郎舅之间势同水火，甚至传言李公子欲手刃张佩纶而后快。据说事后迅即有人告上了朝廷，声称张佩纶藏在李鸿章的衙门里指手画脚，干预朝政，显然不安本分。光绪皇帝令李鸿章立即把张佩纶驱回原籍，不准逗留，即使李鸿章上奏乞求也没有得到恩准。无奈之下，张佩纶携鞠耦南下金陵，买了一幢带有园林的房子住了下来。张佩纶去世的前两年，慈禧太后又记起了他，命他协助李鸿章。张佩纶推辞不掉，只得赴京。上任不久，他竟很快又与老丈人李鸿章的观点产生了分歧。张佩纶必须感恩戴德，他再也不会倔强地辩一个是非曲直，而是乞假归去，退回寓所不再复出。

张佩纶终老于南京，享年五十六岁。他再也没有重返福州这一片伤心之地。但是，我相信他肯定在噩梦之中无数次地来到马江，无数次地被隆隆的炮声惊醒，然后在无眠的寒夜默默地体验后半辈子的悲凉。

八、昭 忠 祠

八、昭忠祠

"里人能说楼船事，江水难平铁锁声"，这是福州马尾昭忠祠里的一副楹联。马江战败的那个年底，张佩纶奏请清廷建昭忠祠，获得光绪皇帝批准。昭忠祠坐落于马限山东麓，供奉七百九十六名阵亡的将士。昭忠祠背后群峰蜿蜒，犹如旌旗起伏；江风之中，呛人的硝烟与七百多具尸体的血腥气息至今仍然丝丝缕缕。这仿佛是马江之战最为痛心的人证与物证。祠堂之内，从管带、水兵、医生到伙夫、仆人、舵工，每一个捐躯者各有灵位。他们或许雄心万丈，或许高风亮节，或许小富即安，或许仅仅想养家糊口，做一天和尚撞一天钟，然而，半个小时之内，所有的人都被锁入同一个结局。仰天长叹，于心不甘，但是，炽烈的炮火截断了人生的无数可能。从此，他们只能永久地定格在这里，聆听马限山的松涛，仰望暮色之中的罗星塔。马限山下的大坟长四十九米，宽十米九，高一米零三，坟中的尸骨左中右三排，上中下三层。长方形的坟墓表层是一个略带弧形的平面，形状如同军舰上的甲板。当然，这一块甲板再也不会在马江的波涛之中轻微地摇摆，坚硬的三合土凝固了一切。

昭忠祠竣工之后，船政大臣裴荫森在碑文之中写下了几句铿锵的言辞："夫男儿死事，其刚大之气浩然，归于太虚，身后之庙食何计焉。然忠义所激，其足以动人歌泣者，往往必入庙瞻拜，而后慊于人心。"三言两语，慷慨激昂而又委婉得体，七百多条生命背后哀怨的哭泣终于哽哽咽咽地停了下来。尽管如此，这一幅漫长的英雄谱无法充当威武雄壮的最后一幕。七百九十六个将士的名单背后还有许多莫衷一是的细节和种种无法确定的可能。我不时束手无策地停留在沉浮不定的传说之间，虚幻不实的感觉一次又一次地爬过心头。

回溯这个历史事件的时候，虚幻不实的感觉时常缠绕在我的叙述之间，挥之不去。我不时试图与这种感觉搏斗，力争还原一个真实的历史版本。我曾经认为，巨大的时间距离吞没了种种日常生活气息，历史叙述很难杜撰何璟脸上的一条皱纹或者左宗棠手臂上的伤疤，很难收集长袍、雨伞、灯笼、水洼、仆人的喘息、马厩的气味这些碎片形成栩栩如生的生活场景。因此，马江之战若即若离地浮动在远方，无法精雕细刻。不久之后我意识到，恐怕是找错了原因。我开始猜想，当时的张佩纶、慈禧太后或者七百九十六个阵亡的将士或许同样感到了虚幻不实。否则，张佩纶不会如此惊慌，慈禧太后不会如此茫然，七百九十六个将士不会如此仓促。一直到最后一刻，清廷还不知道究竟是否开战。这一场战役似乎始终摇摆不定地飘浮在半空中，突然在某一刻砸到了马江之上。

几乎所有的历史著作都提到，法国军队在"北黎冲突"中失利，福禄诺声称中国违背了《李福协定》，并向清廷提出抗议和要求赔款。法国的策略是先据地为质，继而伸手讨钱。孤拔的舰队首先锁定的目标是台湾基隆，啃不下刘铭传这一块硬骨头之后挥戈福州马尾。这一块地盘不是通往下一个目标的关隘，也没有令人垂涎的矿产资源，马尾仅仅是法国人谈判桌上的一个筹码，获取了赔款之后就可以放弃而没有长期占领的计划。所以，马尾的命运始终在谈判桌上阴晴不定。一直到了七月初一，法国代办谢满禄下旗离开北京，这是一个决定开战的标志——孤拔旧历七月初二接到了开火准许令。奇怪的是，坐镇北京的清廷居然没有读懂这个标志。多数历史著作之中，从谢满禄离京到第一声炮响之间的数十个小时是一片空白。没有人给马江发出警报，清廷的一些大臣甚至认为，法国代办的仓皇离京表明了他们的胆怯。据说魏瀚的一个法国熟人迈达路过马尾，顺便告知京城有变，但是，这个消息并未传到驻扎在马江那几位大员的耳朵里。总之，七月初一开始，马尾终于被确定为法国大炮的猎物，而迟钝的清廷在昏昏欲睡之中耗掉了初一到初三的最后两天。谈判桌的气氛突然被一声炮响惊破，马尾与北京无不目瞪口呆：战争真的来了吗？

现今看来，孤拔的炮击更像是摧毁马尾而不是占领马尾，他与法国总理茹费理的解释共同使用了"复仇"或者"报复"的说法。他们宣称，法国军队在"北黎冲突"之中的巨大损失源于清廷的背信弃义，现在，申冤的时刻到了。这时，一桩著名的国际法纠纷不得不进入视线。不论法国政府具有多少预谋，估计当初谁也没有料到，这个公案竟然扮演了启动战争机器的那一个致命的按钮。浓烟滚滚的马尾无非是一串连锁反应之中最后一张倒下的多米诺骨牌。

一八八四年五月十一日，李鸿章与法国代表福禄诺在天津签署《中法简明条款》，据说仅仅耗时两个小时，又称《李福协定》。福禄诺是法国海军中校，李鸿章的旧相识。他自荐担任法国代表与李鸿章谈判。他们在天津签订的《李福协定》主要有五款内容：中国承认法国与越南签订的条约和对越南的保护权；法国与越南修约时，不出现有损中国体面的字样；中国驻越清军调回境内；法国不索赔款；中国在中越边境开埠通商；三个月后，双方派遣全权大臣，制定详细办法。问题在于，福禄诺私自认定了中国驻越南军队的调回日期。这肯定是双方商议之中的一个未尽事宜，但是，这个问题所包含的分歧并未引起足够的重视。福禄诺断定李鸿章已经默认并且把这个撤军期限通知法国军方；另一方面，李鸿章并未将这个麻烦上报清廷，避免和谈因此而功亏一篑。6月23日，法国军队来到谅山"接防"，要求清军撤退。没有接到任何命令的清军当即拒绝。据说率领法国军队的杜尼森上校是一个极其暴躁的家伙，身材高瘦，脸膛赤红。双方在阵前谈判的时候，他竟然开枪击毙中方使者，并且立即开始进攻。交战瞬间开始。然而，两天的交锋之后，法国军队死伤近百人。这即是"北黎冲突"的来龙去脉。

如同许多国家之间类似的军事冲突，事后照例是双方吵吵嚷嚷的彼此谴责。事隔多年之后，一些法律专家根据国际法的惯例认为，李鸿章与福禄诺所拥有的权限仅仅是签订一个简明的"预备条约"，最终详细条约的签署有待于政府任命的全权代表继续谈判，并且在两国政府批准之后生效。法国军队没有理由根据一个"预备条约"要求"接防"。然而，当时双方的辩论集中在语言翻译上。《李福协定》规定以法文为准，法国政府反复指责清廷翻译错误，法文之中规定清军必须立即撤退。经过一段混乱的纠缠之后，清廷不得已从越南撤军。但是，法国政府仍然不依不饶地要求赔款，补偿"北黎冲突"遭受的损失。双方最后一个段落的谈判在上海。旧历六月上旬，清廷命两江总督曾国荃——曾国藩的九弟——与法国全权代表巴德诺在上海会谈，并且由陈宝琛等会同办理。曾国荃力主和谈，陈宝琛倾向于开战，有趣的是，他们两人共同觉得形势艰难而不想接手这一份差事。然而，他们的推辞分别被朝廷驳回。李鸿章事前发给曾国荃的一份密电指示，如果赔款数十万两可以平息事态，他就大胆地做主花一些钱吧。谈判开始之后，曾国荃提出以抚恤的名义赔偿法国五十万两，不料立即遭到朝廷的电报谴责，称他轻许赔款，"实属不知大体"。然而，五十万两的数目在谈判桌上毫无意义，巴德诺一口咬定一千二百五十万两，分文不减。显而易见，这种谈判无果而终。法律解释弥合不了双方之间的巨大差距，剩下的问题只能交给炮弹继续讨论。

旧历七月初三下午，第一发炮弹落到了马江之上。

九、马尾的叹息

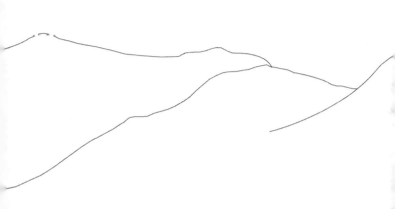

九、马尾的叹息

现在，我要替这一片土地抱屈了。一八八四年旧历七月，法国军舰的炮弹在马江的江面掀起了一排排的水柱。这些炮弹不仅摧毁了福建水师的大小舰只、两岸连绵的炮台以及马尾船厂，而且，这一片土地上刚刚冒头的另一种历史一下子又缩了回去。

　　很长的时间里，黄河流域的巨大平原是中国历史的舞台中心，福建仅仅是东南海滨的一片崎岖不平的土地。除了沿海一带窄窄的平原，大半个省份是拱起的山脉。山里树林茂密，土地湿润，各种蛇类频繁出没，福建的简称"闽"字表示以蛇为图腾。当然，这里的人们更乐于复述的是另一种解释："闽"是门里的一条虫；只有破门而出，虫才会演化为龙。另一些时候，这一片崎岖不平的土地又被称之为"八闽大地"，这个称谓的来源大约是古代的国家行政体制，例如福州、兴化、建宁等八个府。福建水系发达，拱起的山脉之间时常闪动着蜿蜒的溪流。这些小小的溪流交叉成网状，最终汇成一条大江——闽江。穿行在绵延的山脉，闽江支流繁多，脉络杂乱，但是，临近福州的时候，江面已经十分开阔，水势浩大。少年时代我三天两头泡在江里，夏季过后晒得像一只泥鳅。哪一天下水游泳很难瞒过父母。他们只要在孩子的手臂上轻轻地划一下，江水里泡过的皮肤就会浮现一条白色的印记。

闽江弯弯曲曲地注入东海，最后一个段落即是马江。马江两岸桅杆林立，不时就会有几艘帆船无声地滑过江面。不知我父亲是不是从这种景象之中得到启示，他突然想把江水和帆船的意象嵌在孩子的名字之中。"扬帆跃白浪"，天知道他哪儿找到这么一个句子。于是，我姐姐的名字是"扬"，我的名字是"帆"，我妹妹的名字是"跃"；如果还有一个老四，一定会叫"白浪"。这个名字带给我的一个很大烦恼是重名，姐姐和妹妹也是如此。重名惹出的麻烦如此之多，以至于我几乎没有心情炫耀这种名字与江流之间的呼应关系。

从福州沿着闽江抵达出海口，汹涌的大海迎面扑来。然而，相当长的时间里，没有多少人还有心情想象，如此宽阔的水域背后是不是还存在什么。若干面孔黧黑的冒险分子找到了几条结实的木船，不顾一切地往大海深处驶去，任凭海流把他们漂到东南亚或者别的什么地方。断绝音讯多少年乃至多少代之后，他们的后裔陆续捎回一些消息，告知海外还存在另一个光怪陆离的世界。

当然，这些消息不会产生很大的震动。多数人始终是背对大海，他们的目光盯住崇山峻岭之间的古老驿道，那儿会陆续捎来中原的声音。"中原北望气如山"——许多人缅怀历史、家国和祖先时，"北望"成了他们造句的关键词。中原战乱，狼烟遍地，一大批英雄拔剑而起，各领风骚，金戈铁马，壮怀激烈；然而，还有许多人不想卷入那些无休无止的喋血生涯，他们干脆卷起细软，转身向南，一个又一个家族扶老携幼地躲藏到了中国南部层峦叠嶂的山坳里。所谓衣冠南渡，八姓入闽，林、黄、陈、郑、詹、邱、何、胡几个大姓氏都是当时从中原迁来的——这是"八闽"的另一种解释。尽管他们在这一片土地上安居乐业，繁衍生息，可是，这些人的精神重心始终在中原。即使武夷山紫阳书院的朱熹承传了儒家先哲的衣钵，庞大的皇权体系仍然一直在北面。北向叩首成为他们不断重复的人生动作。相对于中原大地上金碧辉煌的巍峨皇宫或者松柏肃穆的皇陵，这一片崎岖不平的土地时常被想象为没有开化的蛮夷之乡。例如，这个地方居民的舌头似乎尚未充分发育，多数人无法说一口流畅的京城官话。这甚至引起了雍正皇帝的担忧。没有一口官话的士子怎么到各地为官？他下旨闽粤两地设立"正音书院"，聘请旗人矫正他们的古怪口音。估计雍正从未了解到一个语言学事实：闽地的方言正是当年那些南迁的移民从中原带过来的。这些方言表明，当时正版的中原口音完整地保存在中国南部偏僻的山沟里。然而，时过境迁，中原的后代已经辨认不出这些口音了。中原那些皇帝老儿开心的时候也会到江南逛一逛，他们心目中的江南大约到杭州为止。"东南形胜，三吴都会，钱塘自古繁华"，这是享乐的所在。"三秋桂子，十里荷花"，据说柳永的这两句词惹出了金主完颜亮吞并南宋的野心。可是，这些皇帝从来不想往南再多走几步，拐到福建察看民情或者散散心。总之，这一片土地长期搁置在中国历史的后院，默默无闻。福州的榕树长得十分放纵，冠盖如云，根须纷披，一副山高皇帝远的自由自在。

福州之所以从中国历史的后院一跃而成为前沿，这是因为一个前所未有的故事。大约在某一个多事之秋，这个古老的帝国终于开始缓缓地转动庞大的身躯，正式面对海洋。相当长的时间里，许多皇帝总是忧心忡忡地谛听北方某些民族的马蹄声，他们的江山时常在鼓点般的马蹄声之中发出一阵阵颤抖。这种观念很久以后才进入他们的意识——海上的隆隆炮声意味的是另一种更为致命的威胁。那些蓝眼睛、高鼻子、头发卷曲的夷人不断地从海里爬上来，雪白的银两只能作为一时的缓兵之计。清廷终于意识到，儒家先哲推崇的忠恕之道根本打消不了这些夷人的扩张野心。只有军舰与大炮才能与军舰与大炮对话。运筹帷幄，决胜于海洋之上，内圣外王的观念不得不用钢铁和机器重新组装。清廷一批重臣痛下决心：御敌于国门之外的一个前提是，必须拥有自己的军舰和水师。于是，左宗棠目光如炬地盘点东南沿海的战略要冲，福州的马尾就是在这个时刻应声而出。尽管左宗棠、李鸿章等人很快卷入了"海防"、"塞防"之争，但是，马尾这一块地盘很快交到了福州乡亲沈葆桢的手中。沈葆桢曾经在船政局大门外的立柱上撰写了一副对联："以一篑为始基，从古天下无难事；致九译之新法，于今中国有圣人。"或许沈葆桢多少意识到，他正在经手的是一个划时代的伟业。马尾是闽江流经福州之后抵达海洋的中点，也是江流的拐点。背倚鼓山，水深港阔，每日的两次潮汐如同两次深长的吐纳。那个时候，这里的确是一个梦想的子宫。船政学堂，船厂，聘请外籍教员和工程人员，派遣船政学堂的学生赴海外留学，同时成立福建水师，总之，一个现代计划开始在这里受孕。

我在一份史料之中读到了当时马尾船政的相当规模。船政厂包括铸铁厂、船厂、铁胁厂、拉铁厂、轮机厂、锅炉厂、帆缆厂、储炮厂、砖灰厂，如此等等。船政学堂分为前后两个学堂，前学堂为制造学堂，由法国人主持教学；后学堂为驾驶学堂，由英国人主持教学；前学堂内又设有绘事院和工艺圃；先后六百多名的毕业生之中，许多人成为日后的风云人物。我深为惊讶的是，马尾曾经制造出中国第一架飞机；从一九一九年至一九三〇年前后共试制水上飞机十五架，并且进行了多次试飞。这显然是另一种历史胚胎。工业、钢铁、机械、科学观念、严格的规章制度，教学之中理论与实践的相互促进，这个胚胎经过一百多年的发育是不是已经完全成熟？

令人奇怪的是，我从未在马尾找到这种历史，所有的故事仿佛仅仅发生在纸面上。马尾仍然是福州的一个偏僻的区域，罗星塔上的风铃仍然响得寂寞而单调。几个码头，一个造船厂，在那儿上班的人晚上多半还是要匆匆赶回市区。潮涨潮落，没有多少人还会兴致勃勃地谈到当年的船政学堂，也没有多少人记得曾经有过一个炮火连天的七月初三下午。相对于一个宏伟的现代计划，相对于一场如此著名的马江之战，眼前的马尾似乎小得可怜。如果现有的造船厂内部不是保留了一个当年的造船车间，我甚至怀疑那些记载是否可靠。一切如同未曾发生。另一种历史胚胎为什么无影无踪？只能想象一次可悲的流产。我相信一八八四年法国军舰的炮火是一个巨大的惊吓，历史立足未稳就落荒而去。马江之战过后，清廷对于马尾的兴趣锐减。张佩纶之后是裴荫森——专职的船政大臣到此为止，朝廷下拨的军费左支右绌，甚至没有着落。飞机的生产是二十多年之后的事情，但是，马尾还是没有飞起来。马尾船政的八十多年，马江之战过后的大部分时间都在走下坡路。马江之战是一个神秘的转折。如果没有七月初三下午马江之上的那个半小时，中国现代历史版图是不是完全不同？我相信马尾至少是中国现代历史版图之中的一个圣地。相对于滔滔不尽的历史，半小时简直微不足道；然而，微不足道的半小时修改了此后的一百多年。一个机遇从左宗棠手中落到这一片土地上，一种可能突然开启。可是，马江之上炮声大作之际，这个机遇如同一个受惊的灵魂倏然遁去，遗下的船厂和学堂仅是一些空洞的外部躯壳。几个遗址无言矗立，古炮台落寞已久，这一片土地已经重归沉寂。浩浩的海风从闽江口长驱直入，吹起的无非是若干悲怆的传说。

若干悲怆的传说之中，一份称之为《甲

申贻误记》的记载引起了我的很大兴趣。一个节点突然得到了放大，许多细节历历在目。这一份记载的作者是董元度，谈论的仍然是《李福协定》。董元度认为，福禄诺不过是一个商船船主，由于生意来到了山东烟台。他向法国政府自夸可以与中国谈判，因而得到了授权。福禄诺当初拟了七条条款，其中两条规定驻扎在越南谅山、保胜两地的清军分别于签约之后的五十日和一百日之内撤退。李鸿章当即表示异议，告知这些地方均未通电报。待到朝廷核准条约，命令送达的时候可能已经逾期。既然两国有意修好，没有理由强人所难。福禄诺知道无法勉强，因而在稿子上删去这项两条款，签名之后并且加上了火漆。李鸿章也在签名之后加注曰：福禄诺手删约二条，存案备查。所以，当时《申报》发表的《李福协定》仅此五条。没有想到的是，福禄诺事先已经向法国政府通报了清军的撤退日期。条约删改之后，他不敢再报，只是暗中盼望清军能够如期撤走。

"北黎冲突"之后，法国政府认定中国违约。清廷译署调来了《李福协定》的文稿查究。令人意外的是，李鸿章没有把福禄诺亲手删过的稿子汇总，译署无法与法国政府据理力争。当时，北洋水师营务处的罗丰禄——后来成为李鸿章的幕僚——与董元度商议，必须把福禄诺删过的原稿送到上海，参与曾国荃与巴德诺的谈判。他们半夜与李鸿章议定，凌晨立即从天津动身。罗丰禄与董元度抵达上海之后拜会曾国荃、陈宝琛等陈述原委，但曾国荃强调必须慎重而迟迟不肯公布这份原稿。

谈判一日一日紧张起来，罗丰禄与董元度觉得再也不可拖延。他们以石印的方法将这原稿复制数百件，散发给驻上海的西方各国人士，并且刊登于上海的外文报纸。罗丰禄拿了一份复制文稿拜见巴德诺。巴德诺读过之后表示，如果此事属实，中国就算不上负约了。可是，你为什么不把原稿拿来呢？罗丰禄返回报告陈宝琛，陈宝琛连忙与曾国荃商议。曾国荃抱怨说：此系国家大事，李鸿章没有任何信件给我，我怎么能根据罗丰禄这些人的只言片语轻举妄动呢？无奈之下，陈宝琛电报请示李鸿章，李鸿章转而电告曾国荃，于是，曾国荃方才允许罗丰禄持原稿再度拜见巴德诺。巴德诺对于这一份原稿熟视良久，喟然长叹：可惜你来得太迟了。前天法国政府来电，询问是否见到李鸿章派人送来福禄诺删过的原稿？我回答没有见到。今天法国政府已经通知孤拔作战，事情已经不可更改。如果董元度的记载可以信赖，那么，这是锁定马尾命运的最后一刻。董元度补充的一些后续轶闻是，福禄诺删过的文稿刊登于外文报纸传到欧洲。一份法国报纸的主笔读过之后撰文讥刺福禄诺，言下之意中国政府未曾负约，两国之间的兵戎相见是这个莽撞的家伙惹的祸。福禄诺深感耻辱，发誓与这个主笔势不两立。两个人决斗比剑，福禄诺刺伤了报纸主笔的左腿。次日，福禄诺在报纸上发表声明：某人妄言，左足已废，若不悔改，右足恐怕也是保不住的。

董元度《甲申贻误记》的文稿由陈懋咸提供。陈懋咸回忆说，他在少年时代读到这一份史料，尚未完整抄录即被索回。让他深为诧异的是两点：第一，李鸿章居然瞒下了福禄诺的原稿，此间似乎有不可告人的秘密；第二，曾国荃如此推诿延宕，近于以国事为戏。陈懋咸查阅了李鸿章的电文、奏稿、日记，认为董元度的记载大致属实。根据陈懋咸的介绍，这个董元度当然不是山东那一位与纪晓岚过从甚密的大诗人。董元度与罗丰禄都是福州人，均毕业于马尾船政学堂；董元度当时在北洋水师学堂任职。

陈懋咸何许人也？福州人，光绪二十八年（一九〇二）举人，陈宝琛之侄。陈宝琛何许人也？福州人，他的官衔、经历以及多方面的成就让人眼花缭乱，然而，我相信他最为显赫的身份应当是最后一代帝师——末代皇帝溥仪的老师。

　　2011年春节写毕，2012年5月17日再改

后记

古老帝国的负痛挣扎

古老帝国的负痛挣扎

我在福州这个中型城市居住了五十多年。这是一个安静的城市，安静得常常可以听见自己的脚步，甚至自己的呼吸和心跳。当然，街道上车水马龙，大型超市门口找不到一个空的停车位，街头公园人头攒动，一大批市民每日不辍地跟随录音机播放的音乐跳交谊舞。这个城市没有落叶的季节。从芒果树、夹竹桃到三角梅或者大榕树，所有的植物都在亚热带的温润气候之中枝繁叶茂，绿意葱茏。然而，历史已经擦肩而过，午后的阳光或者穿城而过的江风不再隐含更多的内容。

　　某些炽热的特殊年份，这里的历史曾经灼目地燃烧起来。这个城市热血男儿荟萃，志士仁人济济一堂，大半个中国都听到了他们的动静。从林则徐到严复，从沈葆桢到林觉民，从陈宝琛到林旭，这些人物气吞万里，天下何人不识？曾几何时，风流云散，阳光下的日子逐渐恢复了平静，种种传说仅仅若有若无地浮动于几个深宅大院之间。穿过某一条幽深的巷子或者伫立于一堵斑驳的风火墙之下，或许会突然嗅到了昔日的气息，一个令人心悸的时刻仿佛正在临近。然而，如同每一次预料的那样，奇迹没有出现，历史的幽灵拐了一个弯再度消失在滚滚红尘背后。寂寞和安详正在成为这一座城市的文化性格。林则徐或者林觉民居住过的深宅大院已经被彻底修葺，那一带商店密集，游人如织，没有多少人还回忆得起那些特殊年份的气氛来。

沈葆桢当年居住的大院隐伏在不远的一条巷子里，那儿仍然由沈家后人聚居。我曾经在大院里与沈葆桢的玄孙女有过一次交谈。老婆婆已经九十多岁，坐在一张旧藤椅上，穿一件男式汗衫。提到许多陈年旧事，她依然口齿利索，记忆清晰。沈家大院的历史大约已经超过一百五十年了，山墙开始崩塌，窗棂已经破损，板壁也朽裂脱落。当年左宗棠与沈葆桢就是在这里纵论天下，商议船政大局吗？我隐隐地觉得，历史正一步一步地悄悄退去，遗下的仅仅是一副躯壳。

　　马江之战是不是一个历史转折点呢？这是我多年的疑问。

　　写毕《马江半小时》，我为了搜集一些

相关的照片，从城里驱车到了马尾。那一天阳光灼亮，马江的江水浊黄，前几天上游刚刚下过大雨。"潮平两岸阔"，江面雾气缭绕，几艘货轮无声无息地停泊在江心。轰隆隆的炮声已经是一百多年前的事情了。江边的草坪上装饰性地摆了几门当年的小炮，这几块黑黝黝的铸铁还有记忆吗？

我相信这一带土地是有记忆的。当年的罗星山孤立于马江的江流中央，现在已经与南面的江岸连在一起了。罗星山与江岸之间由于大量的泥沙淤积，日后干脆填成了一条公路。据说公路的底下埋葬了不少马江之战的沉船，当年没有人考虑打捞。葬身于淤泥深处，沉船的木板未曾接触空气因而不会朽烂。哪一天有机会出土，它们是不是还能栩栩如生地叙述一百多年前的伤痛？

那一天还到了马尾的昭忠祠。昭忠祠左侧是烈士陵园，安葬了七百多个将士的大坟墓呈露在明亮的阳光里。坟墓附近一座"追思亭"，一口荷花池塘，坟墓背后的马限山一片碧绿，若干红漆描过的摩崖石刻，诸如"蒋山青处"，或者"仰止"。还是清明时节，坟墓的墓碑上摆放了一簇鲜花。暮春的暖风吹拂树梢，草木拔节，冬眠的万物开始复苏，然而，马限山顶炮台上的几门大炮始终凝然无言。当年无力拒敌于国门之外，如今只能默默地陪伴七百多具骸骨。

马尾造船厂内还完好地存有一个沈葆桢船政时期的造船车间。驱车到达的时候已经接近中午，青石红砖建造的车间梦幻一般地矗立在阳光里。这一幢法国式建筑始建于一八六七年，三千多平方米，墙体厚近一米，墙上一排敞亮的落地窗。车间内支撑房架的圆柱和上方的行车轨道一律用生铁铸造，屋顶横梁取材于泰国、缅甸运来的"麻栗木"，坚硬无比。当年这个车间生产轮船的轮机，相当于轮船的心脏部分。如今人去楼空，寂静的车间空荡荡的。可是，恍然之间，似乎还会有一个顶戴花翎的清朝官员从一根圆柱后面踱出来，或许是魏瀚，或许就是沈葆桢。车间门口的两座青石狮子雕像，据说是从船政局门口移过来的。

历史既远又近。

马江之战是一个完整的历史事件。但

是，这个事件内部人物众多，线索缠绕交叉，如同一幢拥有许许多多回廊、通道和楼梯的迷宫。从一条回廊折入另一条通道，从另一条通道拐向一个楼梯，我们很快丧失了方向，不辨东南西北。沿途还会遇到一些紧闭的房门，每一扇房门背后都隐藏了若干秘密。我力图陈述整个历史事件的轮廓，同时又尝试放大某些有趣的局部。当然，顾此失彼的情况不可避免。一个局部的细节可能密集地浮现，然而，另一个局部的细节始终阙如。这个历史事件内部还存在不少空隙、悬疑，存在种种无法衔接的断点，这形成了一个又一个神秘地带。

　　当然，晦暗不明的交叉点多半是历史人物的内心。没有人完全了解历史人物的真实思想，我们只能根据他们的公开言行逆向推测。历史事件即是由他们的言行编织而成，可是，有些情节得不到合理的解释，只能视为历史事件间隙各种无伤大雅的花絮。我愿意在这些局部多耗费一些精力，猜测，推理，或者稍稍放纵一下想象。历史事件的轮廓没有任何改变，但是，许多局部描绘逐渐丰富，甚至出现了立体的图像。这么做的意义在于，一个又一个的人生图景逐渐清晰起来了。马江之战的历史事件已经由众多的历史学家反复勾勒，他们的描述更多地注视强大的因果逻辑、事件轮廓的整齐边缘以及情节的起讫。我想进而关注的是，历史事件内部如何排列着一个又一个具体的人生。相对于巨型的历史景观，个人的机遇、挫折、一颦一笑或者万千感慨微不足道；然而，如果以一个又一个的具体人生为单位，小小的偶然岔道足以改变一个历史人物后半辈子的命运。坦率地说，更吸引我的显然是这些方面。

我是在马江之战的一百二十五年之后开始重述这个历史事件。回忆起来，我已经在这个历史事件周围迂回了二十几年，直至一个灵感的闪电突然击中了尘封已久的史料。那一天一个人建议我关注马江之战，并且建议我不要循规蹈矩地拘泥于史料。这是一个巨大的触动。我们的交谈不仅追溯到这个历史事件的遥远前因，而且涉及这个历史事件的巨大余波如何改变了这一块地域的未来。这一次交谈还没有结束，我已经决定动手了。

《马江半小时》的写作是在二〇一一年的春节假期期间。我的寓所楼下是一个拆迁房建筑工地。春节过后没有几天，这个工地就早早地开工，每一天大约八至十台打桩机亢奋地开展工作，嘭嘭嘭的声音震耳欲聋，家人之间说话必须大声叫喊，有时连寓所里的电话铃声都无法听见。工地上还有一种安装了履带轮子的勾机伸出长长的铁臂粉碎残存的水泥块，持续不断的哒哒哒声波令人心烦意乱。我相信这种声波可以轻易地穿透一百多年的时光，强烈地干扰马江之战景象的重现。

　　二〇一一年福州的春节特别寒冷。我通常是穿上一件厚厚的棉大衣坐在书桌前，脚上还要套上一双棉鞋。双手在电脑的键盘上敲打一会儿，就得放在嘴边呵气取暖。那一段时间我的寓所遭到了老鼠的骚扰。我不清楚狡猾的老鼠如何攀上九层楼，从哪一条路径潜入贮藏间。尝试了各种驱鼠方法均告无效之后，只得从他人家里借来一只小猫养几天。小猫上蹿下跳了一阵子，所有的老鼠都逃之夭夭。不过，这只小猫似乎患有"多动症"。它常常肆无忌惮地跳上书桌，冲着我叫了几声之后就一屁股坐在了电脑的键盘上。这时，电脑的屏幕上就会出现长长的一串诡异的 R 或者 G。

《马江半小时》最初发表于二〇一一年《人民文学》的第六期，今年打算在出版社印成一个单行本。我做了少许的文字补充和修订，补上这个历史事件外围的若干相关资料。这些相关资料再度表明，马江之战内在地镶嵌在十九世纪末期晚清的衰亡史之中，如同这个古老帝国的一次负痛的挣扎。

2012.5.25